COLLECTION FOLIO

Jean Rolin

L'organisation

Gallimard

Né en 1949, Jean Rolin est écrivain et journaliste.

A Reine Graves.

Si l'art de la guerre consiste à faire agir les forces les plus nombreuses possible en un point décisif du théâtre des opérations, le moyen pour y parvenir est de choisir une ligne d'opérations correcte.

EDWARD MEAD EARLE

Les maîtres de la stratégie

I

Martin se tenait devant la porte, empoté, le nez rouge, les bras chargés d'un paquet de grande taille que Ginette reçut avec circonspection. Son embarras s'accrut lorsqu'elle défit le paquet et découvrit à l'intérieur une lampe imitant un phare, de cinquante centimètres de haut pour le moins, avec la plate-forme de granit, la tour rayée percée à chaque étage d'une étroite ouverture en plein cintre et la lanterne entourée d'un petit balcon. Ignorant la consternation de Ginette, Martin voulut qu'elle essayât la lampe immédiatement, afin de vérifier que la lanterne, en tournant, produisait alternativement des éclats rouges et blancs. Puis, les bras ballants, tandis que Ginette hésitait à fondre en larmes ou à donner libre cours à sa fureur, Martin attendit longtemps qu'elle le complimentât.

Comme tout amoureux éconduit, il ne doutait pas, au moins par moments, qu'il pût renverser le cours des choses en accablant l'objet aimé de cadeaux hors de prix — et pour lui, Martin, la lampe-phare appartenait à cette catégorie. Cependant, et bien qu'il fût trop aveuglé, cette fois encore, pour reconnaître que l'unique effet de ses indiscrétions était de transformer en un violent dégoût, peu à peu, la pitié que Ginette avait tout d'abord éprouvée, il dut sentir qu'il avait mis à côté de la plaque, et peut-être aperçut-il fugitivement, dans la confusion de tout l'alcool qu'il avait dû absorber pour oser accomplir cette démarche, combien les frontières du goût, bien qu'elles suivissent à peu près le même tracé, étaient plus infranchissables encore que les autres barrières de classes. Mais il était au-dessus des forces de Martin de comprendre qu'il était lui-même, tout entier, de mauvais goût, et que le comble de ce mauvais goût résidait dans son obstination à se faire aimer de Ginette en dépit de la différence d'âge et de culture qui le séparait d'elle (en vérité, seule la seconde faisait apparaître la première comme insurmontable). Puis Martin, ayant exigé, et reçu, une triple bise, s'assit et se mit à boire, en racontant des histoires d'atelier, de controverses avec des « petits chefs », dans lesquelles il se montrait paré de toutes ces vertus prolétariennes dont il imaginait que l'étalage pourrait infléchir les sentiments de Ginette, comme il impressionnait les cadres plus haut placés dans la hiérarchie de l'organisation. Martin était persuadé que le directeur de l'Usine — bien qu'elle fût nationalisée — accumulait en quelque lieu secret de prodigieuses quantités d'argent liquide, ou de sacs d'or, qu'il eût été plus juste, et, de son point de vue, assez simple, de distribuer aux ouvriers. Un peu plus tard survint Jojo, dans la vie duquel l'amour ne tenait aucune place, mais qui avait néanmoins, comme chacun de nous, d'innombrables raisons de parader. Dans le feu de la conversation, Jojo sortit de la poche intérieure de sa veste un pistolet de calibre 7,65 dont il fit jouer la culasse avant de le poser sur la table. C'était par ce genre de démonstration que Jojo, quant à lui, pensait en imposer. Ce soir-là, il nous fit part d'une idée du tonnerre, qui était d'user de sa familiarité avec le personnel de la cantine pour s'y introduire en douce, empoisonner la soupe des ouvriers et laisser traîner sur place des tracts portant la signature d'un groupe d'extrême droite, afin de mobiliser contre ce dernier le personnel de l'Usine. C'est à partir de ce moment que, tout de même, nous avons commencé à douter de l'intégrité de Jojo, dans les deux sens du mot. Lors de notre première rencontre, il nous avait abordés alors que nous vendions notre journal à la criée, un dimanche matin, sur le marché de M., attendant d'une minute à l'autre l'inévitable intervention de la police (la seule chose qui variait étant le degré de brutalité dont usaient les flics au cours de ces interventions). Il était venu à nous spontanément, ostensiblement, se signalant par quelques formules bien frappées dans le genre « Bravo les gars ! » ou « Faut leur rentrer dans le lard, à ces pourris ! », tandis que même nos sympathisants de longue date nous évitaient, ou du moins se faisaient furtifs, lorsque nous nous manifestions en public. Nous découvrîmes bientôt que Jojo avait abordé de la même façon des militants de Voix ouvrière : or, même si les militants ouvriers étaient en général moins sectaires que leurs homologues « d'origine intellectuelle », ainsi que nous nous désignions, c'était rarement au point d'offrir simultanément leurs services à deux groupes que tant de choses opposaient. La biographie de Jojo, au moins celle qu'il nous avait servie, sortait également de l'ordinaire. Incarcéré après la Libération — pour de hauts faits de résistance mal interprétés et injustement sanctionnés par des magistrats inévitablement bourgeois — à la prison des Baumettes, Jojo prétendait en être sorti en contractant un engagement dans le corps expéditionnaire français en Indochine. Là-bas, bien entendu, il avait rejoint le Viêt-minh, ou du moins coopéré avec lui. Et ainsi de suite. Pour finir, alors que depuis plusieurs années il travaillait à l'Usine, à la suite d'une altercation avec un tiers — altercation que seule motivait l'obstination de Jojo à combattre l'oppression — lors de laquelle il aurait blessé assez grièvement ce dernier, Jojo prétendait avoir été viré de son atelier et muté à un poste mal défini de magasinier ou de gardien. Curieuse sanction pour un délit aussi grave, et drôle d'idée de muter un ouvrier violent, révolutionnaire par surcroît, à un poste qui lui donnait accès non seulement aux cuisines, comme on l'a vu, mais à la plupart des départements de l'Usine, à l'époque l'une des plus grandes du pays. En dépit de leur prédilection pour les recrues sans culture politique, enclines à la violence, et donc aisément manipulables, il semble que même les dirigeants de l'organisation aient de prime abord trouvé Jojo un peu étrange. Quant à Martin, qui, en dehors de son inclination à boire, était un type irréprochable (en même temps qu'une midinette), il eut tout de suite Jojo en horreur. Si bien que le soir de la livraison du phare, il fit en sorte que Jojo s'en aille de bonne heure, lui-même s'attardant afin de jouir encore de l'indifférence révulsée que Ginette opposait à ses déclarations.

Comme presque chaque soir, nous avons travaillé tard à la préparation du tract que nous distribuerions le lendemain matin sur le parvis de l'Usine. À partir de quelques incidents plus ou moins avérés rapportés par nos sympathisants dans les ateliers, nous élaborions des textes rudimentaires, scandés de formules incantatoires composées en majuscules d'imprimerie — « Si on nous traite comme des chiens, on va mordre ! » —, destinés aussi bien à exprimer des revendications immédiates, avec une préférence pour celles qui mettaient en cause la hiérarchie et l'organisation du travail, qu'à faire valoir nos propres vues sur les dispositions à prendre pour en finir définitivement avec l'exploitation. Quelquefois, les phrases clefs de ces tracts étaient traduites en arabe ou en portugais. Contrairement à beaucoup de nos camarades d'autres

« unités » — suivant l'expression consacrée —, qui affectaient volontiers dans leur littérature un style ordurier, au prix d'efforts inouïs de distorsion des habitudes stylistiques contractées dans les classes de préparation aux grandes écoles, nous nous efforcions de rédiger ces tracts dans un style relativement châtié, à la fois parce que nous étions peut-être moins que d'autres enclins à la dénégation de nos origines, et parce qu'il nous était apparu que les ouvriers, pour la plupart, préféraient de beaucoup cette correction aux éructations supposées reproduire le parler du peuple. Une fois le texte rédigé, il fallait le taper sur un stencil — tâche qui, presque invariablement, incombait à Ginette —, calligraphier les titres, enrichir éventuellement le tout de quelques enluminures représentant un ouvrier assommant symboliquement un « petit chef » ou un flic détalant devant une foule en colère, puis tirer le tract à un ou deux milliers d'exemplaires. Vers deux heures du matin, Gabriel, que le bruit de la Ronéo empêchait de dormir dans la chambre voisine, fit irruption dans le local, en slip, et me décocha un coup de poing, se laissant aller mal à propos à une violence que je l'avais vu mieux employer en d'autres circonstances, par exemple à l'occasion d'une bataille rangée contre le service d'ordre du Parti communiste sur le vieux marché d'Argenteuil, lors de laquelle, le visage couvert de sang, maniant avec sagacité son gourdin, il avait fait preuve d'une bravoure et d'une férocité véritablement médiévales, tandis que je me contentais, quant à moi, de parer les coups. (À la suite de cette échauffourée, il advint que trois d'entre nous, dont je faisais partie, ayant manqué le rendez-vous avec leur camionnette de ramassage, se retrouvèrent en grand danger d'être lynchés par une troupe de militants des Jeunesses communistes mis en fureur par la demi-défaite qu'ils venaient de subir sur le marché : malencontreusement, ils pénétrèrent dans le café, assez éloigné du champ de bataille, où nous avions trouvé refuge, et nous ne dûmes notre salut qu'à un long enfermement volontaire dans un chiotte à la turque beaucoup trop petit pour nous trois, où nous pâlissions de frayeur lorsque nos ennemis, entre deux tournées de bière, venaient ébranler la porte à coups de poing. Par bonheur, ils étaient eux-mêmes trop excités, trop éméchés, pour que leur vînt l'idée d'élucider le mystère de ce chiotte interminablement occupé. Peut-être même est-ce l'impossibilité de pisser, et de se vider au fur et à mesure de leur bière, qui les fit se retirer de ce bistrot, après deux ou trois tournées, pour repartir à notre recherche avec des clameurs de vengeance, nous ouvrant la possibilité de filer comme des rats dans la direction opposée.)

Bien que ce récit puisse donner parfois l'impression du contraire, il convient de noter que la bagarre ne représentait qu'une part minime de l'activité militante, y compris dans un groupe qui prônait la violence, elle-même simple prémisse de la lutte armée, avec autant d'âpreté que le nôtre. La préparation et la diffusion des tracts — laquelle peut, il est vrai, entraîner des affrontements — tiennent une place bien plus grande dans la vie militante, ainsi que les visites aux sympathisants, la vente au porte-à-porte du journal ou les interminables réunions destinées à préparer les activités susdites. Tant qu'il n'est confronté qu'à des gens qui partagent peu ou prou ses idées — c'est-à-dire le plus souvent —, le militant n'est guère enclin à s'interroger sur le bien-fondé de ces dernières, et sur l'étroitesse des liens qu'elles entretiennent avec la réalité.

Parfois, cependant, il arrivait que nous fussions obligés de remarquer combien le monde suivait un cours éloigné de nos propres desseins, et à quel point nous étions isolés dans notre obstination à préparer la guerre. Je me souviens d'une nuit où nous tirions un tract, non dans notre maison de M. — la Ronéo devait être en panne, ou peut-être mise en lieu sûr, chez un sympathisant, par crainte d'une descente de police —, mais à Paris, dans le XXe arrondissement, au fond d'une impasse, dans un local technique qu'utilisaient tour à tour différentes unités de l'organisation. Dans la soirée, un appel téléphonique émanant d'un militant d'extrême droite, ou de quelqu'un qui se faisait passer pour tel, nous avertit qu'une bombe avait été placée dans le local et qu'elle devait exploser incessamment. Après nous être concertés, et comme il y avait au moins une chance sur deux pour qu'il s'agît d'une fausse alerte — mais il était tout de même préoccupant que notre interlocuteur, et le groupe qu'il prétendait représenter, se fût procuré ce numéro de téléphone qui devait en principe rester secret —, nous avons décidé de ne pas interrompre notre activité. Un peu plus tard, nous sommes allés boire une bière à la terrasse d'un café de la place Gambetta, et l'ambiance printanière, nonchalante, qui régnait sur cette place, par contraste avec la fièvre — parfois, comme ce soir-là, mêlée de trouille — qui nous agitait, nous donna fugitivement le sentiment que la raison était peut-être du côté des flâneurs. Pour en revenir à Jojo, c'est tout de même chez lui que nous avons fêté Noël cette année-là. L'idée venait de Liabœuf, auquel les échelons supérieurs de l'organisation avaient confié la charge de nous « prolétariser », c'est-à-dire, en gros, de détruire ce qui pouvait subsister chez nous de traits de caractère « petits-bourgeois ». Je ne sais si un autre y serait parvenu, mais Liabœuf échoua dans cette mission. Du point de vue des échelons supérieurs, il présentait pourtant toutes les qualités requises. Liabœuf était en effet un être particulièrement fruste, brutal à l'occasion, dont la voix caverneuse, à elle seule, était déjà de nature à inspirer de la frayeur, et même au-delà du cercle si nombreux des « intellectuels petits-bourgeois ». À l'instar de certains leaders arabes progressistes, quoi que pût dire Liabœuf, c'était toujours sur le ton de la colère. Il me semble n'avoir jamais rencontré un être à ce point incapable de s'exprimer sinon avec douceur, du moins avec modération. Personnellement, la question de ses moyens d'existence me paraissait assez obscure : apparemment, en effet, Liabœuf ne manquait de rien, il roulait même, chose rare à l'époque parmi les militants de notre groupe, dans une automobile d'assez bonne qualité. D'autre part, il était de notoriété publique qu'avant de devenir ouvrier, Liabœuf s'était adonné à diverses formes de délinquance, et plutôt parmi les moins prestigieuses. Or, depuis plusieurs mois, il était officiellement sans ressources, ayant été licencié de l'Usine après s'être mis en avant lors de l'assaut que nous lui avions donné, en juin, dans le but d'entraîner un mouvement d'occupation des locaux. Si nous n'avions pas atteint ce premier objectif, nous étions tout de même parvenus à susciter devant l'entrée de l'Usine un affrontement de grande envergure avec la maîtrise, lors duquel mon frère avait trouvé le moyen de se faire briser la mâchoire et casser un bras. (Dans les heures précédant cette expédition, alors que sur un chemin de campagne nous nous préparions à l'assaut, un autre de nos camarades, auquel incombait la charge de nous exhorter ce jour-là, s'était illustré en concluant son petit discours par une citation judicieusement choisie du président Mao — « Qui dit lutte dit sacrifice, et la mort est chose fréquente » — que nous avions eu l'occasion de méditer longuement, par la suite, assis pêle-mêle sur le plancher, dans les camionnettes de location qui nous acheminaient vers le lieu de cet affrontement programmé.) Sans doute l'idée du dîner de réveillon chez Jojo faisait-elle partie du plan arrêté par Liabœuf, seul ou de concert avec les échelons supérieurs, en vue de nous rééduquer. Si grand que fût notre dévouement à la cause, il me semble en effet qu'aucun d'entre nous ne pouvait envisager de gaieté de cœur un réveillon dans de telles conditions. Cela se passait à M., dans les HLM appartenant à l'Usine, nommées d'après elle, et que celle-ci louait à des éléments relativement privilégiés de son personnel. Plus le dîner avançait, plus le nombre des bouteilles vides l'emportait sur celui des bouteilles pleines, et plus le génie propre de Liabœuf imprimait sa marque à cette soirée. De sa voix tonitruante, il enchaînait les plaisanteries obscènes et les chansons de même acabit, certaines absolument révoltantes, suivi de bon cœur par Jojo, et de mauvaise grâce par ceux d'entre nous chez qui l'absorption de liqueurs fortes avait fait reculer les limites habituelles du dégoût. Comme il ne faisait pas froid, on ouvrit les fenêtres, afin que le voisinage pût prendre sa part de ces débordements. À de tels moments, il arrivait sans doute que nous nous demandions si les gens avec lesquels on nous avait acoquinés représentaient véritablement la « classe ouvrière » — voire l'avant-garde de cette classe — et, dans cette hypothèse, si nous souhaitions sincèrement la voir accéder au pouvoir pour y exercer sa bienfaisante dictature. Était-ce cela que Marx avait appelé les « prolétaires lancés à l'assaut du ciel » ? Dans ce cas, ne valait-il pas mieux que le ciel résistât à leurs assauts ? Lorsque la fête battit son plein, Jojo — qui, depuis peu, se faisait également appeler « Bouboule » — ouvrit un placard fermé à clef du même air gourmand que s'il s'était disposé à en extraire une bouteille d'armagnac hors d'âge, et en sortit toute une quincaillerie homicide dans laquelle figuraient notamment une carabine 22 long rifle, un pistolet Luger et un colt 45, la possession de ces deux derniers types d'armes étant strictement prohibée. Chacune était entretenue avec soin, graissée de frais, garnie de munitions introuvables dans le commerce légal, au moins pour ce qui concerne le 45 et le Luger. Jojo nous fit voir également une boîte remplie de balles à l'ogive taillée en croix, le but de ces entailles cruciformes étant de causer des blessures plus compliquées, plus saignantes, qu'avec des munitions ordinaires. Cet étalage nous laissa rêveurs. Non content de nous faire admirer son râtelier d'armes, Jojo, qui ne se tenait plus de jubilation éthylique, se mit à tirer en l'air, par la fenêtre, quelques projectiles de divers calibres. Cette espèce de fantasia ne suscita que peu de réactions chez les voisins, comme s'ils savaient depuis longtemps à quoi s'en tenir avec Jojo. Pour nous, cependant, le climat de ce réveillon corroborait les observations faites auparavant par Ginette, qui, s'étant deux ou trois fois rendue chez Jojo, en son absence, afin d'assister sa femme dans les tâches domestiques dont elle était accablée, avait remarqué plusieurs détails préjudiciables à la réputation de héros prolétarien revendiquée par ce dernier. Outre l'épuisement même de sa femme, et la solitude, ou plutôt l'abandon, dans lesquels elle vaquait à l'ensemble des tâches domestiques, la présence d'un nerf de bœuf accroché à une patère paraissait témoigner de mœurs conjugales, et familiales, assez hors du commun, également attestées par les tremblements et les tics qui agitaient les enfants de Jojo. Lorsque, quelques mois plus tard, nous apprîmes que sa femme avait succombé à l'absorption d'une dose létale de somnifères, et que les circonstances de cette mort, dont plusieurs détails pouvaient suggérer qu'elle n'était pas nécessairement volontaire, n'avaient pas éveillé la curiosité de la police, nous avions depuis longtemps pris nos distances avec Jojo. C'était le printemps, l'époque de l'année où les rigueurs militantes étaient le plus soumises à d'insinuantes tentations. Nous avions dans un foyer de travailleurs immigrés situé à E., non loin de M., au fond d'une impasse que clôturait sur le côté gauche un haut grillage la séparant de l'autoroute, des habitudes régulières et d'autant plus innocentes que si nos hôtes maliens, tunisiens ou marocains nous achetaient de temps à autre, par politesse, notre journal, ils se souciaient comme d'une guigne de la politique et préféraient de beaucoup, les Noirs en particulier, manger avec nous des nourritures épicées, boire de la bière, écouter de la musique d'Otis Redding, de James Brown ou de John Lee Hooker en évoquant les virées qu'ils faisaient presque chaque week-end, en bande, dans des boîtes situées immédiatement au-delà de la frontière belge et dans lesquelles les filles étaient d'après eux d'un abord bien plus facile que dans la région parisienne. Ainsi ne faisions-nous presque jamais rien d'illicite lors de nos visites au foyer d'E. Et ce jour-là, où nous étions nous-mêmes d'humeur printanière, moins que tout autre. Or, tandis que nous achevions de déjeuner, les gendarmes de M. déployèrent dans l'impasse non seulement les effectifs de deux grands cars, mais tout un appareillage poliorcétique dont le plus beau fleuron était un camion-grue qui en quelques instants eut soulevé de terre et placé sur une remorque notre véhicule. Prévenu par un des pensionnaires du foyer, nous avons eu le temps de nous éclipser, et de trouver refuge dans une HLM voisine où habitait un de nos sympathisants de l'Usine, un jeune qui travaillait au magasin des pièces de rechange (MPR), le département où Liabœuf, avant son licenciement, avait développé ses qualités de leader. L'homme du MPR nous reçut de plus ou moins bonne grâce, au moins jusqu'à ce qu'il s'avère que les gendarmes visitaient les cages d'escalier une par une et sonnaient à chaque palier. En sortant de l'immeuble, à l'insu des gendarmes qui en étaient encore à inspecter les escaliers les plus éloignés, l'un de nous crut reconnaître dans leurs rangs Jojo qui les encourageait de la voix et du geste. N'ayant pas eu le loisir, quant à moi, d'identifier Jojo à coup sûr, je ne peux certifier qu'il ait été à l'origine de cette opération. Mais le caractère disproportionné de cette dernière, son inutilité — puisque même si les gendarmes étaient parvenus à nous intercepter, ils ne nous auraient trouvés en possession d'aucun matériel justifiant une quelconque inculpation — portaient indubitablement la marque d'un esprit aussi obtus, aussi vindicatif et égaré que le sien. Si les gendarmes échouèrent à nous arrêter ce jour-là, c'est qu'ils n'avaient pas prévu que, leur abandonnant notre véhicule, nous parviendrions à escalader la clôture séparant l'impasse de l'autoroute, puis à traverser à pied cette dernière. C'est donc ce que nous fîmes. Après quoi, nous séparant en deux groupes, nous nous sommes égaillés dans la campagne, où la police nous fit rechercher par un hélicoptère, puis, au terme d'une procédure qui devait enfreindre un certain nombre de lois ou de règlements, par un appareil de reconnaissance de l'aviation légère de l'armée de terre. Ils ne nous trouvèrent pas — même si ce n'était que partie remise, puisque nous n'étions pas dans le maquis, que la police connaissait nos lieux d'habitation et que nous avions la certitude d'y être cueillis quelques heures plus tard, ou quelques jours si nous estimions la situation assez préoccupante pour nous réfugier provisoirement chez des sympathisants — et, comme à chaque fois que nous nous montrions plus rusés que la police (et c'était, je le dis en toute immodestie, assez souvent), nous en retirâmes une certaine satisfaction exaltée, élargie encore par le sentiment que si elle utilisait contre nous de si grands moyens c'était que nous ne rêvions pas, que nous étions engagés sur la bonne voie. Aujourd'hui, il me semble que nous aurions persisté moins longtemps dans cette exaltation si une partie au moins de la police, à commencer sans doute par son ministre, n'avait partagé notre rêve, même si elle devait l'envisager de son côté comme un cauchemar. Je n'en veux pour preuve que l'insistance avec laquelle certains inspecteurs, lors des interrogatoires qu'il nous arrivait de subir, nous demandaient, et pas sur le ton de la plaisanterie, ce que nous ferions d'eux après la révolution, ajoutant parfois que nous aurions besoin d'une police forte, expérimentée, et que le mieux serait de nous appuyer sur celle qui existait auparavant. Aussi aveugles que nous quant aux chances de succès de nos entreprises, les policiers qui nous tenaient ce langage manifestaient du moins, quant à l'essence même de la révolution, une lucidité dont nous étions incapables.

L'ingratitude des échelons supérieurs — ou ce que nous considérions comme de l'ingratitude — était pour nous une source intarissable d'amertume. Ainsi, chaque fois que nous avions avec la police des démêlés un peu sérieux, au lieu d'être félicités pour notre bravoure ou notre astuce, comme nous nous y attendions assez sottement, nous nous faisions rappeler à l'ordre pour notre imprudence. Après l'incident du foyer d'E., Liabœuf, accompagné de Pierre-Antoine — le seul militant « d'origine intellectuelle » que l'organisation fût parvenue à « établir » dans l'Usine, d'où il craignait si vivement d'être licencié que pour l'essentiel, bien loin de « mener des luttes », il se contentait d'y persister dans son être —, vint nous tancer, de sa voix caverneuse, sous le prétexte qu'en trouvant brièvement refuge chez notre sympathisant du MPR nous avions pris le risque de le compromettre. Les mêmes accusations furent reprises, cette fois d'une voix plaintive, par Pierre-Antoine, et plus tard par Jean-Pierre, le « cadre » non résident auquel les instances supérieures avaient confié le soin d'exercer sur nous une surveillance plus ou moins assidue. Jamais notre parole ne pesait du moindre poids contre celle de Liabœuf ou de Pierre-Antoine, au point que par moments il nous arrivait de nous demander si nous étions encore considérés comme des membres à part entière de l'organisation. Ce qui est certain, c'est qu'aucun d'entre nous ne fut jamais appelé à assister aux délibérations des instances centrales, dont Liabœuf, Pierre-Antoine ou Jean-Pierre nous rendaient compte, parfois, du bout des lèvres. Il est vrai que, de notre côté, nous donnions à ces instances de nombreux motifs d'insatisfaction. D'une part, bien que ne nous connaissant pas, pour la plupart, auparavant, et ne nous étant donc pas concertés pour être affectés ensemble dans la région de M., nous nous entendions bien, et cette entente mutuelle, ces liens d'affection qui peu à peu nous unirent étaient envisagés comme autant d'obstacles à notre dissolution dans les masses (nous formions ce que dans le langage de l'époque on eût appelé un « nid d'intellectuels »). D'autre part, ces liens étaient fondés, entre autres, sur quelques goûts communs hétérodoxes que nous ne nous efforcions même pas de dissimuler. Un soir, nous nous entassions à cinq ou six dans la Dyane rouge pour foncer à Paris revoir *Pierrot le fou* que l'on donnait dans un cinéma de quartier. Grâce à Ginette et Jean-Noël, qui contrairement à moi possédaient une certaine culture musicale, nous écoutions plus souvent de la musique classique, ou encore des chansons de Leonard Cohen ou de Bob Dylan, que des chants révolutionnaires. (Ces chants, nous en connaissions d'innombrables, et nous les beuglions volontiers dans les circonstances solennelles — y compris lorsqu'ils étaient aussi ineptes musicalement que l'hymne du Front national de libération du Sud Viêt-nam — mais il ne nous serait pas venu à l'esprit d'en écouter des enregistrements, à quelques exceptions près comme certaines chansons françaises du XIXe siècle ou certaines chansons espagnoles du temps de la guerre civile.) Sur les murs de notre habitation collective — collective par la force des choses — nous affichions plutôt des reproductions de peintures fauves ou expressionnistes (c'était notre goût de l'époque) que des portraits du président Mao ou de tel autre père fondateur de la doctrine. Pour ce qui concerne la décoration, l'influence de Gabriel était prépondérante, et c'est à lui que nous dûmes d'enrichir notre collection de reproductions d'un portrait de Nietzsche, tellement incongru sous ce toit marxiste-léniniste que, lors d'une visite d'un cadre de l'organisation qui cependant en savait au moins aussi long que nous sur le philosophe allemand, dont le visage ne saurait d'ailleurs être confondu avec aucun autre, nous parvînmes à lui faire gober qu'il s'agissait en fait de Paul Lafargue, le gendre de Marx et l'auteur du *Droit à la paresse.* Enfin cet esprit frondeur — très relatif mais tout de même notable si on le replace dans le contexte de l'époque — s'exprimait aussi par des manquements plus graves aux règles de la discipline. Lorsque le journal contenait des titres que nous jugions par trop idiots, ou des articles — invariablement relatant des « luttes » — dans lesquels s'exprimait une cruauté pathologique — ainsi cet article sur le sort réservé par les pensionnaires immigrés du foyer d'Ivry au gérant de ce dernier, traîné nu sur des tessons de bouteilles —, nous n'hésitions pas à le censurer, passant au besoin des heures à barrer au feutre noir les passages que nous refusions d'assumer. Lorsque Jules, ce garçon promis à un brillant avenir, vint nous faire écouter l'hymne tout frais pondu de l'organisation — le *Chant des nouveaux partisans,* dans lequel se rencontraient à foison des perles comme celle-ci : « C'est pas sur vos tapis qu'on meurt de silicose, patrons qui exploitez et flics qui matraquez », phrase dont la bêtise, à la réflexion, me paraît venir surtout de ce qu'elle suppose des goûts communs aux patrons et aux flics en matière de tapis —, nous n'avons pas hésité à lui faire comprendre, avec quelques circonlocutions, que nous le trouvions ridicule. Et de même avec le discours que le malheureux Soupot — lequel s'avéra par la suite avoir été pendant des années le principal informateur de la police au sein des instances dirigeantes de l'organisation — devait prononcer en ouverture de ce meeting que le ministre de l'Intérieur fit providentiellement interdire, et dans lequel il exprimait notamment la conviction que « ce n'était pas dans la classe ouvrière qu'on rencontrait des drogués ni des pédés » (il y avait aussi dans ce discours quelque chose de particulièrement savoureux au sujet des jeunes ouvrières qui ne se vernissaient pas les ongles de pied, ce qui paraissait impliquer que Soupot en avait déchaussé d'innombrables, en sorte de messager du prince cherchant à quel petit pied sied la pantoufle de vair). Personnellement, la sentence au sujet des drogués et des pédés m'égaya d'autant plus que quelques semaines auparavant, ayant raté à Saint-Lazare le dernier train pour M. et dû passer la nuit dans un hôtel de troisième catégorie, je m'y étais retrouvé par accident dans la même chambre qu'un ouvrier de Simca-Poissy aux assauts duquel je n'avais échappé que d'extrême justesse.

À l'automne, j'avais été requis par l'organisation pour aller à Paris prendre livraison de Suzanne, qui nous était envoyée en renfort. Dans les couloirs de la station de métro Sèvres-Babylone, où notre rendez-vous avait été fixé, le rire de Suzanne — un rire d'une gaieté, d'une force telles que je n'en ai jamais retrouvé depuis dans le rire d'aucune femme — faisait se retourner les gens. Il était dans l'ordre des choses que je tombe amoureux de Suzanne, et c'est ce qui advint. Elle-même me préféra Jean-Noël, et c'est ainsi qu'à toutes les raisons, bonnes ou mauvaises, authentiques ou livresques, que j'avais déjà de détester le monde — non seulement la société, mais le monde — s'en ajouta une nouvelle, plus forte que toutes les autres, et assez commune à cet âge. Je découvris que Suzanne avait définitivement fait son choix, et qu'il ne m'était pas favorable, un soir où nous ronéotions un tract, une fois de plus — dans cette pièce centrale de notre habitation collective où un autre soir Gabriel m'avait décoché un coup de poing —, et lors duquel, sous un prétexte quelconque, Suzanne et Jean-Noël s'éclipsèrent au-dehors et ne revinrent qu'au bout d'une heure. J'appréciai la délicatesse dont ils avaient fait preuve en choisissant de ne pas faire l'amour sous mon nez, mais, pour moi, cela ne faisait guère de différence. Ce dehors où ils s'étaient éclipsés, c'était au bout de la rue sur laquelle donnait la maison, au-delà du cimetière, des champs qui s'étendaient jusqu'au rebord du plateau dominant la vallée de la Seine. Depuis, ces champs ont été remplacés par un golf. Pas plus que l'amitié — au moins celle qui excédait le domaine limité, balisé, de la camaraderie, celle-là nécessaire aux intérêts du service —, l'amour entre militants n'était particulièrement bien vu par les échelons supérieurs. Une fois de plus, cela contrevenait à notre prolétarisation, à notre dissolution dans les masses. Et cela entretenait, développait, exaltait des comportements petits-bourgeois, voire contre-révolutionnaires. Quand Laurent, à son tour, tomba amoureux de Ginette, il se mit par exemple à lui offrir des poèmes de Pavese, des romans de Thomas Hardy — c'est ainsi que, pour ma part, je découvris *Jude l'obscur* — et l'on imagine sans peine combien de telles lectures étaient préjudiciables à l'acquisition d'une culture authentiquement prolétarienne. (Le seul exemple recommandé d'une telle culture dont je parvienne à me souvenir, dans le domaine de la littérature, était un roman d'Ostrovski, *Et l'acier fut trempé*, dans lequel, décrivant une femme — une femme telle qu'un militant révolutionnaire peut légitimement en aimer, c'est-à-dire avant tout une compagne de travail et de lutte —, l'auteur parle de « ses belles mains d'homme ». Je peux jurer que même à cette époque, il ne me paraissait nullement souhaitable qu'une femme eût de « belles mains d'homme », et ce n'était heureusement le cas ni de Ginette ni de Suzanne.)

Pendant l'hiver 1969-1970, à la suite de quelques séquestrations de cadres dans diverses usines, le mot d'ordre « On a raison de séquestrer les patrons » devint pour quelque temps le leitmotiv de l'organisation. (La tournure de ce slogan peut surprendre : il s'agissait en fait d'un emprunt au style chinois, ou du moins au style du président

Mao et des autres animateurs de la Grande Révolution Culturelle, lesquels, dans les traductions de *Pékin-Informations* ou des Éditions en langues étrangères, employaient volontiers « on a raison » là où l'on eût attendu plutôt « il faut » ou « il est juste de », sans doute afin de corroborer cette thèse fondamentale du maoïsme selon laquelle « les idées justes viennent des masses » — ou doivent avoir l'air d'en venir. Le débat sur la part d'« idées justes » que les masses produisent par elles-mêmes, *sua sponte*, et sur la part de ces mêmes idées qu'il incombe aux militants révolutionnaires de leur inculquer — débat nourri par l'étude et le commentaire d'un texte de Lénine intitulé *Que faire ?* — avait agité longuement l'organisation au lendemain de Mai 68, et joué un rôle prépondérant dans son éclatement.) Sur ce point — « On a raison de séquestrer les patrons » — notre groupe de M. ne soulevait aucune objection. C'est ainsi qu'une nuit de janvier, ayant emprunté à Pierre-Antoine sa voiture, qui venait s'ajouter aux deux nôtres, nous nous sommes répartis en trois équipes pour aller couvrir les murs de M. d'injonctions trilingues à la séquestration de patrons. L'équipe dont je faisais partie cette nuit-là circulait dans la voiture de Pierre-Antoine — une Renault pourrie, de faible cylindrée — et devait opérer dans le centre-ville. Jean-Noël était au volant — c'était un excellent conducteur, rapide et sûr —, Ginette faisait le guet, Gabriel et moi badigeonnions. Dans ce domaine — le badigeon —, j'étais moi-même assez intransigeant, mais ce n'était rien à côté de Gabriel, qui apportait à la moindre inscription murale le même soin que s'il se fût agi des fresques de la chapelle Sixtine. Ce perfectionnisme avait l'avantage de donner lieu à d'irréprochables badigeonnages — et les masses étaient toujours plus sensibles à ce qui traduisait de l'application et du doigté — et l'inconvénient de nous retarder. Il était impossible de soustraire Gabriel à son ouvrage tant qu'il estimait pouvoir l'améliorer. Nous venions de terminer un travail particulièrement soigné, en recouvrant de slogans aux lettres impeccablement tracées, d'une belle couleur rouge, la mairie de M., lorsque nous avons été repérés par une voiture de patrouille de la police. Il s'agissait d'un break 404, c'est-à-dire d'un véhicule beaucoup plus rapide que le nôtre. Dans la poursuite qui s'ensuivit, Jean-Noël, changeant de direction aussi souvent que possible, afin de compenser notre handicap, fit si bien que nous parvînmes tout d'abord à semer le break. Mais après quelques minutes de cet exercice, nous trouvant engagés dans une longue ligne droite sur laquelle nous n'avions aucune chance de maintenir notre avance, nous avons pris le parti, passant à la hauteur d'un terrain vague, d'y lancer la voiture avec l'espoir que la végétation, au milieu de laquelle elle finit par caler et se tenir coite, la dissimulerait aux occupants du break. En fait, elle se voyait comme le nez au milieu de la figure, et les flics, ayant pilé en la reconnaissant, sortirent de leur véhicule pour procéder à notre arrestation. Ils n'étaient que deux et nous étions quatre. Toutefois, les consignes de l'organisation étaient de n'opposer aucune résistance dans des cas de ce genre, lorsque les masses (elles dormaient à cette heure-là) n'étaient pas susceptibles de prendre notre défense et de créer un esclandre. Nous nous serions donc laissé arrêter sans coup férir si l'un des deux flics, extrêmement nerveux et agressif, peut-être effrayé, aussi, n'avait exigé que nous nous entassions tous les quatre à l'arrière du break, sous le hayon, puis appuyé ses exigences de quelques coups de matraque distribués au hasard. Gabriel, dont j'ai déjà souligné combien il était impulsif, se jeta sur lui, le fit tomber et se mit à le bourrer de coups de poing. La situation devenait délicate. Ayant retenu Gabriel, permis au flic de se relever, et nous étant emparés de sa matraque et de celle de son collègue — lequel ne s'était jamais départi d'un calme digne d'éloge —, nous ne savions plus que faire lorsque le flic nerveux nous tira de cette expectative en se saisissant à l'intérieur du break de sa mitraillette, qu'il arma, et dont, égaré par l'humiliation que Gabriel venait de lui infliger, il semblait dangereusement porté à faire usage. Tandis que l'un d'entre nous prononçait une phrase historique (mais qui, sans mon témoignage, eût été perdue pour l'histoire) d'où il ressortait en gros que s'il nous tirait dessus, les masses, sitôt prévenues de ce crime, réduiraient en cendres le commissariat de M. et tous ses occupants, le flic calme s'efforçait de le dissuader de se servir de son arme, et nous tirâmes parti de ces dissensions policières pour disparaître dans l'obscurité.

Pierre-Antoine et moi, nous ne nous aimions pas. Pierre-Antoine me considérait comme un traître, ou du moins comme un déserteur, ou un dissident, en puissance — ce en quoi je dois reconnaître qu'il faisait preuve d'un certain flair — et c'est pourquoi, sans doute, au lendemain de cet incident, ayant été cueilli à l'aube par la police, qui disposait désormais de sa voiture puisque nous avions dû l'abandonner sur le terrain, et sommé de désigner celui qui la lui avait empruntée, il me dénonça aussitôt, et dans une déposition écrite et signée par surcroît. Afin de ne pas accabler injustement Pierre-Antoine, j'ajouterai qu'à moins de s'enfermer dans un mutisme nécessairement de courte durée, il lui fallait bien convenir de ce qu'il avait prêté sa voiture à quelqu'un, et, tant qu'à faire, de son point de vue, il valait probablement mieux que ce fût moi. C'est ce sentiment — et non, certes, la peur des coups, à supposer qu'il en ait reçu, ou qu'on l'en ait menacé — qui dut le guider, et aussi sa conviction que son maintien dans l'Usine était infiniment plus important que les vicissitudes encourues par les militants de l'extérieur. L'ennui de cette déposition, c'est qu'elle m'ôtait toute possibilité de nier ma participation à l'incident de la veille, et que je me retrouvai bientôt inculpé de toute une série de délits — dégradation d'édifices publics, fuite, rébellion, violences à agents, etc. — dont le plus bénin était celui de conduite sans permis, puisque je n'avais effectivement pas de permis et que la déposition de Pierre-Antoine me désignait comme celui qui avait emprunté sa voiture. Ginette, Jean-Noël et Gabriel furent également inculpés, mais eux conservaient la ressource de nier en bloc, conformément à la ligne de conduite arrêtée par l'habituel avocat de l'organisation. Les séances d'instruction eurent lieu au palais de justice de Versailles. Par ruse ou par naïveté, le juge opposait volontiers ma droiture — dans la mesure où, bien malgré moi, j'avais dû reconnaître ma participation aux faits — à la fourberie de mes camarades. D'autre part, voulant nier qu'il se fût emparé de sa mitraillette et l'eût armée pour nous en menacer, le flic nerveux s'empêtrait dans des déclarations peut-être encore plus absurdement mensongères que les nôtres, et généralement inconciliables avec celles de son collègue, aussi honnête lors de la confrontation qu'il s'était montré calme la nuit de l'incident. Enfin le juge préférait de beaucoup ma syntaxe à celle des deux policiers, au point même qu'il était incapable de dissimuler cette préférence, et je tirai parti de cette complicité de classe, si scandaleuse fût-elle au regard de nos principes, sans le moindre scrupule. C'est au retour d'une de ces séances d'instruction, Jean-Noël se trouvant au volant de la Dyane rouge, qu'en regagnant notre maison de H., à un carrefour où se rejoignaient deux voies à sens unique, l'une montante, l'autre descendante, que nous vîmes monter à vive allure, dans la voie réservée à la descente, une colonne de véhicules de police dont il ne faisait aucun doute qu'ils allaient droit chez nous. Comme, entre-temps, nous n'avions pas commis d'autres délits que ceux pour lesquels nous sortions de chez le juge d'instruction, nous nous sommes demandé ce qui nous valait le privilège d'une visite si nombreuse, mais, remettant à plus tard la solution de cette énigme, nous avons promptement rebroussé chemin. Puis, d'une cabine téléphonique suffisamment éloignée, nous avons appelé la maison afin de vérifier que la police s'y trouvait bien. Le flic qui décrocha s'efforça tout d'abord de se faire passer pour l'un d'entre nous, comme si nous pouvions ne pas être alertés par le son d'une voix inconnue, dans l'espoir d'obtenir quelques informations. Nous lui en donnâmes de pleins tombereaux, enchantés à l'idée que, le combiné coincé sous le menton, il devait noter à toute vitesse sur un petit carnet les fables que nous improvisions, et les noms des personnages de pure fiction — Luigi, Pedro, etc. — qui intervenaient dans ces fables. Lors d'un second appel, nous nous efforçâmes de le convaincre qu'une réunion clandestine devait se tenir la nuit suivante au Havre, sur la plage, au pied du phare de la Hève, lieu que nous avions choisi parce que, dans mon souvenir, la falaise y présentait la particularité de s'écrouler assez souvent par pans entiers. Cette fois la ficelle était trop grosse, le flic comprit que nous nous foutions de lui, et ce second entretien se termina sur un échange d'insultes. En attendant, il fallait que nous alertions ceux de nos camarades qui n'avaient pas été témoins de l'invasion, puis que nous nous séparions et que nous disparaissions pour quelque temps.

C'est à la suite d'un malentendu, ou plutôt d'une erreur d'appréciation, que la police avait envahi notre maison de H. Ironiquement, en effet, un groupe concurrent du nôtre, assez proche pour que nous ayons même envisagé localement des actions communes — elles ne se firent pas —, mais généralement moins prompt aux démonstrations violentes, nous avait précédés sur un coup que nous envisagions à plus long terme, et qui consistait à occuper et dévaster quelque peu les locaux de l'agence pour l'emploi de M. — et ceux, les jouxtant, de la mairie — dont au moins un responsable, de concert avec un retraité de la police, était impliqué dans un trafic très rémunérateur au détriment de travailleurs immigrés. Comme cette action venait couronner une campagne de dénonciation des « marchands d'esclaves » à laquelle nous avions contribué par nos tracts, la police nous l'attribua tout d'abord (à moins qu'en connaissance de cause elle ne se soit saisie de ce prétexte), et dans l'heure qui suivit envahit notre maison de H., qu'elle devait occuper plusieurs jours en s'y livrant à toutes sortes de déprédations (certaines illustrant le caractère enfantin de la police, comme de détruire rageusement nos reproductions, de vider de leur contenu des bombes de mousse à raser ou de boucher les chiottes en y tassant quantité d'objets incongrus). Afin de vérifier que la police occupait toujours les lieux, le surlendemain de cette intervention, nous avons procédé à une reconnaissance, Suzanne, Jean-Noël et moi, dans une voiture venue de Paris et conduite par Jules, le dirigeant qui nous avait fait découvrir le *Chant des nouveaux partisans.* Dieu sait où Jules avait déniché cette voiture, mais toujours est-il qu'il s'agissait d'une Austin-Cooper de couleur crème, à toit noir, et donc assez peu compatible avec notre dignité de militants. Comme la route que nous devions emprunter pour passer devant la maison se terminait en cul-de-sac, afin d'éviter un second passage lors duquel nous risquions d'attirer l'attention des flics et de nous faire intercepter — intercepter dans une voiture ridicule, par surcroît —, nous avons décidé de prendre le chemin de terre, à la limite des champs, qui longeait le bord du plateau, pour rejoindre un peu plus loin une autre route descendant vers la vallée de la Seine. Mais il avait neigé la veille — c'était au début du mois de mars —, et au bout de cent cinquante ou deux cents mètres, la voiture ridicule, avec ses roues minuscules et son pare-chocs à ras de terre, se trouva plantée dans une congère, en terrain découvert, presque à portée de voix des flics qui occupaient la maison. Pour un peu nous aurions pu les héler afin qu'ils viennent nous donner un coup de main. C'était un spectacle si divertissant que celui de ces quatre militants « prolétariens » plantés dans leur voiture de bourgeoise, s'efforçant maladroitement de dégager ses quatre petites roues, que Suzanne partit de son fameux rire, entraînant dans son hilarité Jean-Noël et moi-même, seul Jules, en sa qualité de dirigeant, demeurant impassible. Le sac de la maison de H. entraîna pour nous des conséquences fâcheuses. Mandaté par la direction, Jules en tira prétexte pour nous inviter — c'est une façon de parler — à disperser notre habitat, moins pour des raisons de sécurité qu'afin de nous éloigner les uns des autres et, ce faisant, de nous rapprocher des masses. C'est ainsi que je me suis retrouvé aux Barbiettes, une HLM située à la périphérie de M., en bordure de l'autoroute, presque en face de l'usine Sulzer. C'est d'ailleurs aux Barbiettes que tout avait commencé, puisque avant de louer la maison de H. nous avions tous transité par cet appartement, dont la porte de la salle de bains était dépourvue de serrure, par suite des nombreux coups d'épaule que Pierre — un autre de nos camarades, et le premier occupant des Barbiettes — avait dû lui imprimer afin de prévenir les tentatives de suicide de sa femme. Lors de mon retour aux Barbiettes, je m'y retrouvai seul avec Didier, l'un des quelques militants de notre groupe qui ne fût pas « d'origine intellectuelle ». Ancien ouvrier agricole, Didier travaillait désormais en ville, chez Dunlop, mais il avait conservé de ses origines rurales une espèce de gravité, de lenteur, de candeur aussi — les plaisanteries à caractère sexuel le rendaient malade —, quelque chose de médiéval que reflétait également son visage très long, un peu de traviole, au regard fixe, et qui en faisait un étranger dans son usine et d'ailleurs presque partout. Extrêmement inculte pour le reste, Didier avait une passion pour la musique — celle de Messiaen en particulier — et, possédant un violon, il en jouait aussi souvent que son travail, et le temps consacré au militantisme, le lui permettait. Didier avait aussi un fond de catholicisme dont on sentait qu'il n'était jamais loin d'affleurer. Lorsque Gabriel vint nous rejoindre aux Barbiettes, il relisait *Le voyage au bout de la nuit* — se marrant dans son sac de couchage au point qu'il m'empêchait de dormir — et, l'ayant terminé, il le prêta à Didier, qui conçut pour ce livre un enthousiasme d'autant plus surprenant que c'était certainement un des tout premiers qu'il lisait. Faire lire Céline à un ouvrier maoïste, c'est encore le genre de choses qui n'étaient pas recommandées : des années plus tard, on m'a dit — mais je n'en ai jamais eu confirmation — que Didier avait viré à l'extrême droite, et, si c'est le cas, peut-être Gabriel et moi, devant un tribunal révolutionnaire, serions-nous tenus pour responsables de cette évolution. De mon côté, l'éloignement de Suzanne ayant aggravé mes tendances mélancoliques, inspiré d'autre part par la lecture de Ghiánnis Rítsos, je consacrai beaucoup de temps à la rédaction de longs poèmes d'amour révolutionnaires, où il me semble que je n'envisageais comme alternative au suicide que le triomphe du socialisme. En somme, il restait beaucoup à faire pour me prolétariser bien à fond.

En dépit de la réputation fluctuante dont je jouissais auprès des instances dirigeantes, je dus sans doute à l'influence de mon frère d'être désigné — parmi d'autres — pour diffuser auprès de plusieurs unités de province les consignes relatives à la dissolution de l'organisation, que nous pressentions imminente. À M., nous avions déjà procédé à la recherche de planques et à la dispersion de notre matériel, avec l'aide de curés de gauche, de militants du PSU ou de la CFDT qui n'étaient pas nécessairement des sympathisants — les plus enclins à sympathiser étant les curés de gauche, à la fois par innocence, par défaut de culture politique et par tentation de l'extrémisme —, mais qui ne pouvaient guère résister à notre chantage à la clandestinité. Gabriel s'était fait une nouvelle spécialité de la miniaturisation des documents que nous étions obligés de conserver à portée de main, et ses talents, lorsque la police se présenta aux Barbiettes, se révélèrent fort utiles, en lui permettant de tout faire disparaître, dans les chiottes ou l'évier de la cuisine, en moins de temps qu'il n'en fallut aux flics pour enfoncer la porte. (Désormais, bien qu'il fût toujours habité par certains d'entre nous, l'appartement des Barbiettes se trouva donc dépourvu de porte d'entrée — ou du moins de serrure à cette porte —, ce qui renforçait le mépris de nos voisins les plus hostiles et la sympathie des plus favorables.) Le voyage en province fut pour moi une expérience pleine d'agréments. Je ne m'étendrai pas — beaucoup, et de plus sérieux, l'ont déjà fait — sur les satisfactions que procure l'idée d'avoir, un peu partout, des « camarades » (à la manière des communistes orthodoxes, nous disions aussi des « copains ») : on ne les connaît pas — du moins pour la plupart — et pourtant ce sont des camarades, qui vous attendent sur le quai de la gare ou que l'on retrouve à l'adresse indiquée. Et que nous eussions des camarades jusque dans des villes aussi exotiques que Périgueux paraissait attester que l'organisation s'étendait, se renforçait, approchait du moment où elle présenterait ce

« caractère de masse » qui lui permettrait de jouer son rôle dans les « soulèvements populaires » (au pluriel) dont l'enchaînement mènerait peu à peu à la lutte armée. Sur un autre mode, moins héroïque mais peut-être plus conforme à ma nature, le spectacle de la prolifération, alors galopante, de la pseudo-ville, la hideur des banlieues, le saccage de ce qui récemment encore présentait un caractère urbain me confirmaient dans l'idée écologico-totalitaire que ce n'était qu'en faisant table rase de tout ce bazar que l'on parviendrait à instaurer le millenium, le règne de l'ordre et de la beauté.

La dissolution survint effectivement à la fin du mois de mai, à la suite des manifestations violentes auxquelles avait donné lieu, à Paris, le procès de Le Dantec et Le Bris, les deux directeurs du journal *La Cause du peuple.* Dans les semaines qui suivirent, nous nous sommes efforcés d'affirmer tant bien que mal notre présence, en particulier aux portes de l'Usine, afin de manifester que la dissolution ne nous avait pas fait rentrer sous terre. La vente du journal — qui désormais nous rendait passibles d'une inculpation pour « reconstitution de ligue dissoute » — constituait le meilleur moyen d'apparaître furtivement, sans laisser à la police le temps d'intervenir. Dans le courant du mois de juin, nous avons conçu le projet un peu plus ambitieux d'une vente du journal et d'une diffusion de tracts massives, devant l'Usine, à l'heure où se croisaient deux équipes. Cette fois, nous savions que la police serait sur les lieux avant que nous ayons disparu, mais nous faisions le pari qu'elle éviterait d'intervenir aussi longtemps que des ouvriers seraient rassemblés en grand nombre sur le parvis. Par la suite, les voitures qui avaient déposé l'équipe étant reparties aussitôt, celle-ci devait se diviser en groupes de deux qui quitteraient les abords de l'Usine, chacun de son côté (et tous « sous la protection des masses »), à bord des autocars acheminant les ouvriers vers différentes localités éparpillées dans un rayon d'une cinquantaine de kilomètres et dans toutes les directions. Il nous paraissait impossible que la police de M., qui en d'autres circonstances avait manifesté peu de finesse, eût la capacité de mobiliser en un temps aussi court assez de véhicules pour suivre les différents cars à bord desquels les groupes de deux devaient prendre place : ainsi le gros de l'équipe, sinon la totalité — nous avions admis le risque d'une ou deux arrestations —, passerait-il entre les mailles du filet. Mais, pour une fois, nous avions de beaucoup sous-estimé la police de M., notre ruse fit long feu, et presque toute l'équipe, à l'exception des conducteurs des voitures qui l'avaient amenée à pied d'œuvre, fut arrêtée, en ordre dispersé, aux terminus des différents autocars que les groupes avaient empruntés. Encore ai-je omis un détail qui, dans des circonstances plus graves, ou simplement si nous ne nous étions pas assez bien connus pour avoir les uns dans les autres une confiance inébranlable, aurait pu m'exposer aux accusations les plus infamantes : c'est qu'ayant été à l'origine de ce plan, dont la phase finale — le repli — m'avait même semblé particulièrement brillante, je manquai de quelques minutes, à Paris, le rendez-vous avec Laurent qui devait me conduire à M. Ainsi n'ai-je pris aucune part à cette opération que j'avais conçue, et lors de laquelle un nombre inhabituellement élevé de camarades furent arrêtés pour être ensuite inculpés de reconstitution de ligue dissoute et d'autres délits — ainsi de rébellion et de violence à agents pour Gabriel qui, fidèle à sa réputation, tenta d'ameuter les passants et de s'évader d'un car de police lors d'un transfert —, et finalement condamnés, pour certains, à des peines de prison ferme assez lourdes pour l'époque.

Après cette opération qui consacrait mon médiocre talent de stratège, le front de M. se trouva presque complètement dégarni. J'y errai encore quelque temps, dans un climat de désolation que soulignaient la chaleur et l'ensoleillement de l'été, lequel entraînait aussi la quasi-désertification de certains quartiers. Dans un appartement qui n'était pas celui des Barbiettes — peut-être chez Yvonne et François qui, envoyés dans la région de M. au début de l'été 1970, devaient y demeurer près de quatre ans — je rédigeai à l'intention de la direction un long rapport de bilan sur l'activité de notre groupe désormais dispersé. Puis je revins à Paris où l'on m'affecta au comité de rédaction du journal. Seul le caractère clandestin des réunions — puisque le journal était interdit — conférait un peu de noblesse à cette tâche, pour le reste fort ingrate. B., notre chef suprême, paraissait de temps à autre aux réunions du comité, qui se tenaient à chaque fois dans un appartement différent, prêté par des sympathisants (ou de simples vaches à lait) dont certains pouvaient être assez illustres. La plupart des membres de ce comité étaient intelligents, deux ou trois étaient même d'une intelligence hors du commun, plusieurs avaient de l'humour, et il n'en était que plus déconcertant de les voir fabriquer un journal aussi exempt de l'une et de l'autre, et d'y accueillir par exemple avec enthousiasme un article intitulé « Quand les pinèdes brûlent, la bourgeoisie a chaud au cul ». Par suite d'une erreur d'aiguillage — car le journal n'avait aucunement les moyens de s'offrir des « reportages » de ce genre, et ce n'était pas non plus sa vocation —, je me retrouvai quelque temps à Londres, en compagnie de Laurent et d'une photographe, afin d'enquêter sur une grève des dockers qui paralysait depuis plusieurs semaines le port anglais, et sur l'attaque d'un commissariat de police dans un quartier à majorité noire. Dans le minuscule appartement d'Earl's Court où nous dormions par terre, je tentai, sans succès, de séduire la photographe, qui n'était pas des nôtres et dont la sophistication, prohibée dans nos rangs, me plaisait. De retour à Paris, après nous avoir passé un savon pour être partis à Londres sans ordre de la direction, le comité de rédaction estima que les photographies prises par la jeune femme sophistiquée n'étaient pas assez « militantes » — pour la plupart, elles montraient des réunions de grévistes ou des quais déserts — et choisit pour illustrer mon article, absurdement, une photo, que nous n'avions faite que par jeu, de mon propre poing brandi sur fond de grues immobiles et de bateaux encalminés, alors qu'en aucun cas ce poing maigrichon ne pouvait passer pour celui d'un docker, fût-il londonien.

Je m'ennuyais à Paris. Gabriel et Jean-Noël, tous deux emprisonnés, me manquaient, même si nous échangions une correspondance abondante, plus humoristique qu'exaltée bien qu'elle contînt inévitablement quelques allusions à la révolution imminente. Lors d'une réunion avec Jules, ce dernier m'informa que la direction avait décidé de m'expédier en Lorraine, afin que je m'y « établisse » dans l'une ou l'autre des grandes usines sidérurgiques de la région. C'était, de la part de la direction, une marque de confiance aussi bien dans ma fidélité à l'organisation que dans mes capacités d'agitateur, la sidérurgie lorraine étant considérée comme l'une des priorités stratégiques de notre implantation. Au demeurant, l'idée ne me plut pas, car je me représentais la sidérurgie lorraine — assez exactement, ainsi que j'eus l'occasion de le constater par la suite —

comme une sorte d'enfer sur terre. J'objectai donc à Jules que mon asthme m'interdisait de travailler en Lorraine, que j'avais besoin de l'air de la mer, et, en dépit de l'ineptie de cette objection sur le plan médical, puisqu'il est avéré que l'air marin est particulièrement néfaste aux asthmatiques, il eut la magnanimité de l'accepter, et il fut décidé que je m'établirais à la fin de l'été dans un chantier naval du littoral atlantique.

Entre la gare de Méru et le village de T., nous avons dû alternativement faire du stop et marcher, parmi ces fermes picardes en brique rouge que nous n'avions jamais vues, ou du moins remarquées, auparavant, au milieu des champs de blé d'un vert argenté et des bois plus sombres. Puisqu'il faisait beau, il est plus que vraisemblable que des alouettes, en grand nombre, s'élevaient verticalement au-dessus des champs (comme dans un roman de Thomas Hardy) en lançant ce qu'il est convenu d'appeler des trilles. Il est également vraisemblable que le soir tombait, d'une manière ou d'une autre, lorsque nous parvînmes à T. En chemin, nous avons repéré une maison magnifique, presque un château, entourée d'un parc où s'ébattait un petit cheval. Elle nous parut à tel point insulter la misère que nous en fîmes un rapide relevé graphique, avec l'idée de le communiquer aux instances compétentes dans la perspective d'une éventuelle occupation par des familles de travailleurs immigrés : ce genre d'actions était encore ce qu'il y avait de plus justifiable dans la campagne dite de « l'été chaud » que nous avions engagée cette année-là, et qui autrement consistait surtout en rodomontades, en actes de vandalisme de faible envergure, incendies de voitures, jets de purin, bris de clôtures et autres foirades. Quant à la maison que nous avions repérée, ce dont je ne pouvais me douter, c'est qu'elle appartenait à quelqu'un qui devait devenir un peu plus tard un de mes meilleurs amis — il l'est toujours — et que sous ce toit insultant la misère, j'étais appelé dans un avenir assez proche à écouter plus de musique, à boire plus d'alcool, à me livrer à plus de turpitudes qu'en tout autre lieu que j'ai fréquenté par la suite. La maison que l'on avait prêtée à Suzanne, dans le village de T., était de dimensions beaucoup plus modestes, mais elle disposait tout de même d'un petit jardin. Nous n'y avons passé que quelques jours, juste le temps de porter à son plus haut degré d'exaspération l'amour que Suzanne continuait de m'inspirer. Un jour où, en son absence, trahissant une promesse solennelle — le genre de promesses que l'on n'exige de vous que pour mieux vous inciter à ne pas les tenir —, je m'emparai d'un livre de Dino Buzzati dans la marge duquel je l'avais surprise en train de griffonner, je tombai sur quelques lignes où elle exprimait à mon égard des sentiments presque aussi vifs que les miens, mais en ajoutant qu'elle me considérait comme absolument imbaisable, préjugé que malheureusement je n'étais pas loin de partager.

Et c'est encore Suzanne qui me conduisit à la gare Montparnasse, lorsque, à la fin de l'été, je partis m'établir sur le littoral atlantique. Je montai dans le train de N. plein d'attendrissement sur moi-même, émerveillé aussi bien du sacrifice que je faisais à la cause en renonçant à Suzanne — qui, de toute manière, ne m'aimait pas — que du spectacle déchirant que je ne doutai pas, en partant, de lui offrir. Pour porter à son comble mon attendrissement, je parvins à me convaincre que je ne reverrais jamais Suzanne, ni même Paris, ce qui conférait à cette séparation une solennité en quelque sorte cinématographique, et me permettait d'en jouir bien plus intensément que si je m'étais contenté de l'envisager pour ce qu'elle était. À N., on m'installa chez un couple de camarades qui travaillaient aux PTT — je n'arrive plus à me souvenir s'il s'agissait de vrais ou de faux postiers, mais j'inclinerais plutôt pour des faux — avec la consigne expresse de ne pas mettre le nez dehors aussi longtemps que tous les détails de mon parachutage à S. ne seraient pas réglés. Cette réclusion aurait été très déprimante — il faisait beau dehors, et mes hôtes n'étaient jamais là — si je n'avais trouvé dans la bibliothèque *Au-dessous du volcan*, un des livres que je m'étais promis de lire le jour, inévitable tôt ou tard, où j'irais en prison. Quitte à amputer mon programme de lecture carcérale, je me jetai dessus, trébuchai à plusieurs reprises sur l'énigmatique premier chapitre, puis, ayant surmonté cet obstacle, je dévorai les onze autres presque sans reprendre mon souffle, avalant même dans la foulée cette postface de Max-Pol Fouchet qui commence comiquement par une invitation à se taire. À l'exception du *Voyage au bout de la nuit*, jamais aucun livre ne m'avait transporté à ce point. Tout compte fait, nos dirigeants avaient raison de se méfier des lectures éclectiques : car comment l'enthousiasme d'un militant, sa disponibilité n'auraient-ils pas été entamés, à la longue, par la rumination de phrases telles que : « Ainsi quand tu partis, Yvonne, j'allai à Oaxaca » ou : « Comment avait-il pu penser tant de mal du monde quand le secours avait été là de tout temps? », ou encore : « Quelqu'un jeta un chien mort après lui dans le ravin » ? D'autre part, après cette lecture, je ne pus me défaire de l'idée qu'il était peut-être encore plus beau de mourir pour rien, à l'apogée d'une cuite formidable, que pour la cause du peuple et en pleine possession de ses moyens. (Près de dix ans plus tard, lorsque l'*Alain L. D.* prit son poste à quai dans le port de Nanaimo — au milieu duquel traînait une vieille otarie — et que je découvris que nous venions de toucher l'île de Gabriola, l'une des villégiatures de Lowry en Colombie britannique, j'en éprouvai une émotion presque aussi vive que celle d'un croyant pénétrant sous la voûte du Saint-Sépulcre. Aucun haut lieu de la mythologie révolutionnaire ne m'avait jamais mis dans le même état.) Quant aux consignes de réclusion, je ne pus me résoudre à les respecter bien longtemps. Au troisième ou au quatrième jour de mon assignation à résidence, D., la femme du dirigeant régional de l'organisation, vint à passer chez le couple de postiers. Elle me plut beaucoup, ou plutôt il se confirma qu'elle me plaisait, puisque nous avions déjà eu, dans le cadre de l'organisation, l'occasion de nous rencontrer. Lorsqu'elle repartit, je lui proposai de faire avec elle quelques pas en ville. Or, à peine avions-nous quitté le domicile des postiers que je reconnus sans l'ombre d'une hésitation — la police utilisait à l'époque une gamme si limitée de véhicules qu'il n'y avait pas besoin d'être un génie pour apprendre à les reconnaître à l'oreille — le bruit du démarreur d'une Renault 4, puis de celle-ci progressant derrière nous au ralenti, et je sus avec une égale certitude que nous étions suivis et sur le point d'être interpellés, probablement par les Renseignements généraux, car leur personnel se déplaçait souvent en Renault 4. Au commissariat de N. les flics nous reçurent avec une particulière animosité et je fis de mon côté une réflexion insolente, uniquement parce que D. se trouvait à portée de voix, car en temps ordinaire, afin d'éviter d'inutiles complications, je m'abstenais de braquer les flics lorsque je me faisais arrêter. D'ailleurs le flic auquel je m'étais adressé me colla aussitôt une beigne retentissante et je n'insistai pas. Les policiers de N. étaient ce jour-là d'humeur d'autant plus chagrine qu'ils se trouvaient en fâcheuse posture, montrés du doigt pour s'être laissés aller à d'assez graves sévices lors de l'interrogatoire d'un lycéen soupçonné d'avoir mis le feu à la voiture de son proviseur. C'est dans le cadre de la même affaire qu'ils venaient de nous interpeller. Le lycéen ayant été mis hors de cause, peut-être estimaient-ils que je ferais un meilleur inculpé. Par hasard — par erreur — j'avais conservé sur moi le billet de train attestant que je me trouvais entre Paris et N. le jour où cette voiture avait été incendiée, et je fus rapidement relâché. Il n'en restait pas moins que, par frivolité, je m'étais prématurément fait repérer dans la région, et que mon établissement aux chantiers de S. risquait de s'en trouver compromis.

Bien que grillé, donc, c'est de nuit que l'on m'achemina de N. à S., sans doute parce que personne n'avait eu le temps de le faire dans la journée. Lorsque, venant de N., on approche de S., on voit d'abord surgir d'un paysage remarquablement plat, mi-marécages mi-bovins, les ruines d'une cimenterie, puis les superstructures des Chantiers, les grues, les portiques, les masses couleur de rouille des châteaux de navires en construction. Au-delà de la gare, l'avenue de la République file d'une traite jusqu'à la mairie, bordée sur plusieurs kilomètres d'immeubles bas, pour la plupart identiques, bâtis à la hâte, après la guerre, dans le style expiatoire de la reconstruction. En contournant la mairie, on finit par atteindre la mer, et ce long boulevard maritime qui est un peu l'envers de la ville, sa face bourgeoise, cossue, avec ses alignements de villas et ses plantations soignées. Sur la gauche, une jetée incurvée, hérissée d'antennes portant des filets carrés aux armatures en anse de panier, protège l'entrée du port, et sur la droite se dresse en retrait du boulevard un monument commémorant une opération des commandos britanniques pendant la Seconde Guerre mondiale. C'est en face de ce monument, appuyés au parapet qui domine la plage, le dos à la mer, qu'attendaient les deux camarades requis pour m'accueillir et me prendre en charge. À eux deux, ils représentaient presque tout l'effectif de notre unité de S., dont la plupart des membres « d'origine intellectuelle » s'étaient retrouvés en prison, ou en fuite, par suite des actions entreprises dans le cadre de « l'été chaud », et dont la plus notable avait consisté à déverser de la merde d'origine agricole sur les pelouses du casino de B. (B. était — est toujours — une station balnéaire proche de S., dont les murs avaient été couverts par nos soins d'un slogan qui sonnait bien : « B., porcherie à rupins, les travailleurs de S. te vomissent »). L'un de ces deux survivants répondait au diminutif de Frédo, l'autre s'appelait Jean-François. Le premier me déplut aussitôt : il avait une gueule de fouine, des manières brutales, la dégaine typique d'un petit délinquant de sous-préfecture. Jean-François, en revanche, me donna l'impression d'être un type calme, intelligent et non dénué d'humour. Sachant que l'un des deux, inévitablement, m'hébergerait, je formais des vœux pour que ce fût Jean-François. Et c'est ainsi qu'un peu plus tard, ayant traversé de nouveau S. d'ouest en est, mais à pied cette fois, je me retrouvai près de la gare dans ce qui tenait lieu de domicile à Frédo.

Pour y parvenir, il nous fallut traverser à tâtons, dans l'obscurité, un local que l'on devinait assez vaste et semé d'embûches. Frédo me prévint de me méfier de la fosse et du pont élévateur sur lequel une automobile à demi désossée se trouvait érigée. Cela sentait l'huile de vidange, l'essence et le caoutchouc, et sur des établis, dans des armoires en fer, ou pendus à des clous, toutes sortes d'instruments tranchants ou contondants — limes, marteaux, démonte-pneus, crics, étaux, clés à molette, manivelles — traînaient comme les débris vaguement reprochants d'un naufrage. Il s'agissait donc d'un garage, mais à certains signes, et même s'il était normal qu'il fût silencieux et obscur au milieu de la nuit, il apparaissait que ce garage s'était écarté de sa destinée de garage, qu'il était en faillite. À l'exception peut-être d'une boucherie dans le même cas, il y a peu de choses aussi lugubres qu'un garage en faillite, peu de décors que l'on sente aussi accueillant au malheur. Frédo était exactement le genre de personnage qui convenait à ce décor et aux embrouilles diverses qu'on l'imaginait receler. Après m'avoir présenté à une femme qui habitait avec lui le logement attenant à ce lieu de désolation — une femme dont je présumai aussitôt, toujours pour les mêmes raisons, qu'elle n'était pas la sienne, et que ce n'était pas par amour qu'il vivait avec elle —, Frédo m'introduisit dans une pièce où quatre petites filles, dont l'âge pouvait s'échelonner entre trois et huit ans, dormaient dans quatre lits-cages. Un cinquième lit-cage me fut attribué, dont mes jambes dépassaient, entre les barreaux, au moins jusqu'aux genoux. Quand le jour se leva et que les quatre petites filles se réveillèrent, il apparut qu'elles étaient charmantes, de bon caractère, et remplies d'une curiosité bienveillante à l'égard de l'énergumène dont les jambes dépassaient jusqu'aux genoux du cinquième lit-cage : le garage failli avait au moins cela de bon. Je n'y restai d'ailleurs pas longtemps. Au bout d'une semaine, peut-être sur ma demande, ou pour d'autres raisons, je fus transféré du garage dans l'appartement que Jean-François partageait avec sa mère et son frère Denis dans une HLM proche de l'hôpital. Je m'y trouvai aussi bien que je m'étais déplu — en dépit des quatre petites filles — dans le garage, et, d'autre part, en Renée, la mère de Jean-François et Denis, je crus enfin reconnaître une personnalité digne des espoirs que nous avions placés dans la classe ouvrière. (Sur ce point, mon jugement n'a pas varié : j'ai revu Renée tout récemment, c'est-à-dire près de vingt-cinq ans plus tard, et j'ai été frappé de la retrouver presque inchangée, aussi bien physiquement que dans ses convictions, au point que la première chose que je remarquai, dans sa bibliothèque, fut un portrait de Karl Marx.) Jean-François travaillait aux Forges de l'Ouest. Tous les matins, je montais en croupe de sa grosse bécane et je traînais dans le quartier de P., dont les rues, aux abords des Chantiers, étaient alors bordées d'un rempart homogène, presque sans faille — à l'exception de quelques agences d'intérim qui depuis ont progressivement pris le dessus —, de bistrots : S. était une ville où l'on buvait sec, et parfois dès avant l'embauche du matin.

Les Chantiers recrutaient à l'époque des tuyauteurs, et un concours fut même organisé, dans une sorte de salle de classe, pour faire le tri parmi les candidats. C'était le premier examen auquel je me soumettais depuis le bac, que je n'avais obtenu que d'extrême justesse. Les épreuves intellectuelles du concours pour le recrutement de tuyauteurs — il s'agissait notamment de compléter des figures géométriques — me firent apparaître comme un handicapé mental, ou peu s'en faut, et les épreuves manuelles mirent en lumière un défaut de coordination entre ma droite et ma gauche qui me rendait inapte à travailler sur n'importe quelle machine un tant soit peu sophistiquée. Je fus recalé. À la suite de cet échec je dus entreprendre une tournée des boîtes d'intérim, et dans l'une des premières où je me présentai, le gérant, après avoir consulté divers registres, me considéra avec une expression d'effroi apparemment sincère, et m'invita à « quitter S. au plus vite », se refusant à ajouter le moindre commentaire : il était manifeste que la police avait fait son travail, et qu'elle tenait beaucoup à ce que nous n'infiltrions personne aux Chantiers, même par le biais de ce que l'on désignait comme les « entreprises extérieures ». L'une d'entre elles, cependant, me recruta, soit qu'on eût oublié de la prévenir, soit que le gérant eût décidé de passer outre aux injonctions de la police, soit encore qu'il eût conclu avec elle un arrangement d'une nature particulière.

Peu de temps après mon exfiltration du garage, ce dernier, comme je l'avais prévu, fut le théâtre d'un drame boulevardier dont les circonstances exactes me demeurèrent inconnues, n'ayant eu, en cette affaire, d'autres sources d'information que la rumeur publique. Il semble que le garagiste failli, qui avait dû quitter S. pour chercher ailleurs du travail, ait été averti par une lettre anonyme de la présence de Frédo sous son toit. Il revint en pleine nuit, s'empara d'un des outils dont la menace diffuse m'avait frappé lors de ma première traversée de l'atelier, s'en servit pour enfoncer la porte du local où Frédo avait trouvé refuge, et il en aurait peut-être usé, par la suite, contre lui, si ce dernier n'avait eu le temps de sauter par une fenêtre et de s'enfuir, emportant, malgré la soudaineté de son départ, tout l'argent que le garagiste avait envoyé dernièrement à sa femme.

L'entreprise extérieure pour laquelle je travaillais était spécialisée dans le nettoyage, en gros et en détail, depuis le lavage des carreaux jusqu'au récurage des cuves de pétroliers. La construction navale entraîne énormément de nettoyage, d'autant que le travail, en dépit de l'impression d'efficacité formidable qu'il peut donner, vu de l'extérieur, y est souvent mal organisé, mal coordonné tout du moins, de telle sorte que notre équipe devait parfois reprendre deux à trois fois de suite la même tâche, parce que dans l'intervalle le passage intempestif d'un autre corps de métier avait de nouveau salopé les locaux dans lesquels nous venions d'intervenir. Le premier poste auquel on m'affecta était la manœuvre d'un treuil électrique, lequel, par l'étroite ouverture d'un trou d'homme, devait assurer le va-et-vient d'une sorte de poubelle entre le pont d'un pétrolier en construction et le fond d'une des cuves de ce dernier, que l'essai mal programmé d'une pompe à dégazer avait nappé d'une épaisse couche de sédiments. Après une demi-journée au treuil, comme je le manœuvrais ou trop lentement, et le rythme du travail s'en ressentait, ou trop vite, et dans ce cas la poubelle se vidait en chemin de la moitié de son contenu, on me retira de ce poste relativement sain, où j'avais tout loisir de penser à autre chose et d'observer ce qui se passait autour de moi, pour m'envoyer au fond rejoindre mes collègues qui se démenaient dans la boue. À plusieurs dizaines de mètres sous le pont, il régnait une chaleur, une humidité étouffantes, et la merde que nous devions évacuer exhalait une odeur délétère. Si l'on allumait une cigarette, dans cette atmosphère, elle prenait un goût de mort-aux-rats, et il fallait aussitôt y renoncer. Le matériel dont nous disposions, pour mener à bien cette tâche, me semblait également porter condamnation du système dans son ensemble. Comme, auparavant, l'entreprise de nettoyage n'avait jamais été confrontée à un cas de ce genre, et ne disposait pas des outils adéquats, elle s'était à la hâte procuré dans un supermarché un assortiment de seaux et de pelles en plastique, comme s'il s'était agi de faire les sols d'une cuisine ou d'une salle de bains. Au début, la cuve était faiblement éclairée par une guirlande d'ampoules qu'avait laissée sur place, en hauteur, une équipe autochtone des Chantiers, mais au bout de quelques jours une nouvelle équipe vint procéder quinze ou vingt mètres au-dessus de nous à quelques fioritures métallurgiques, et, après nous avoir bombardés pendant plusieurs heures, sans le moindre scrupule, de gouttes incandescentes de soudure, elle se retira, en dépit de nos vociférations, en emportant la guirlande d'ampoules, nous plongeant dans une obscurité presque complète. Comme prévu, nos demandes d'aller à intervalles réguliers respirer en surface se heurtaient à une résistance opiniâtre de la maîtrise. En somme, c'était, dans un décor d'une ampleur exceptionnelle, où l'air raréfié empestait et où la moindre chute d'un outil se répercutait en cascades infinies de déflagrations, une illustration presque inespérée de l'enfer du salariat. Mon échec au treuil confirmait mon absence de dispositions pour le travail manuel — ou, qui sait, mes réticences à m'y astreindre — déjà illustrée par la période d'essai que, l'année précédente, j'avais faite dans une entreprise de la région de M. On m'y avait jugé inapte à une tâche pourtant très simple d'entretien de presses à emboutir, qui n'allait jamais au-delà du serrage ou du desserrage de deux ou trois écrous —, mais il est vrai que j'exagérais encore ma maladresse naturelle en mettant délibérément en panne les presses dont j'étais supposé assurer le bon fonctionnement, en particulier celle sur laquelle travaillait une jeune Yougoslave très belle, qui ne parlait pas un mot de français, et qui est si l'on veut le plus ancien souvenir que je conserve de l'ex-Yougoslavie. Puis on m'avait affecté au balayage des ateliers jusqu'à ce qu'un chef décide que je n'étais pas capable non plus de tenir un balai. Aux Chantiers, dès que nous en eûmes terminé avec la cuve — ou plutôt dès que nous eûmes maquillé de manière acceptable pour tout le monde l'échec de nos tentatives pour la purger de sa boue —, j'allai renforcer une équipe essentiellement féminine employée dans le château du pétrolier au nettoyage des cabines et d'autres locaux. Après la cuve, on peut dire que c'était un travail bien pépère, dont nous nous acquittions avec toute la mauvaise volonté et la lenteur possibles, profitant de ce que notre dispersion dans un espace de la taille d'un grand immeuble, et très cloisonné, nous mettait le plus souvent à l'abri de la surveillance des chefs. L'équipe se composait, à parts à peu près égales, de femmes âgées, dont on eût dit qu'elles avaient dépassé l'âge de la retraite, et dont quelques-uncs disposaient d'un vocabulaire ordurier d'une incroyable richesse, et de filles jeunes qui n'avaient nulle intention de s'attarder dans des emplois de ce genre. C'est encore une chose que je découvris aux Chantiers, qu'au moins parmi les jeunes le métier de manœuvre ou d'OS n'était crédité d'aucune dignité particulière, que beaucoup ne cachaient pas leur mépris pour les vieux qui n'avaient pas été capables d'en sortir, et que, pour ce qui les concernait, ils étaient bien décidés à y échapper rapidement par tous les moyens, qu'il s'agisse du commerce, de la restauration, du nomadisme, de la musique, ou d'autres formes, légales ou non, de bricolage. Il est vrai que les ouvriers qualifiés avaient une vision moins négative de leur travail et de leur condition. Néanmoins, même dans cette ville régulièrement agitée par des grèves parfois violentes, dont certaines, dans un passé encore récent, avaient entraîné mort d'hommes, même dans cette ville où persistait une tradition d'érudition, de controverse et de pluralisme ouvriers qui se traduisait par une floraison — bien antérieure à l'apparition des groupuscules — de cercles ou de chapelles dont chacun prônait des voies originales vers l'abolition du salariat et de l'exploitation, même dans cette ville, et même aux Chantiers, « la lutte » n'occupait dans la vie et la conversation de chacun qu'une place limitée. Dans l'entreprise de nettoyage, mes collègues s'étonnaient de ce qu'avec mon aptitude au bavardage, je ne me lance pas plutôt dans une carrière de représentant de commerce. Représentant, c'est d'ailleurs ce que je faisais auprès d'eux, à ceci près qu'il m'était impossible, dans l'immédiat, de désigner avec précision la firme que je représentais et la marchandise qu'elle se proposait d'écouler. La seule fois où je les entendis parler des « maos », c'était pour suggérer que nous tenions le maquis dans le marais qui s'étendait aux portes de S. : la découverte de ce que l'organisation était réellement dans la région — une poignée de militants dispersés, dubitatifs, agités déjà de désaccords entre eux — n'aurait pu que les faire tomber de haut.

Quelques mois auparavant, Dominique et son mari, Michel, qui m'avaient précédé de près de deux ans dans la région, avaient été arrêtés et incarcérés dans les circonstances suivantes. À la suite d'une série d'accidents du travail ayant entraîné la mort de trois ouvriers des Chantiers, une action de représailles avait été menée par des éléments de l'organisation venus de l'extérieur, action assez brouillonne, semble-t-il, consistant en jets de bouteilles incendiaires contre les locaux de la direction. Peu après, alors qu'ils distribuaient devant l'entrée principale des Chantiers un tract expliquant le bien-fondé de cette action, Dominique et Michel étaient parvenus à échapper de justesse à la police, puis à se soustraire à ses recherches, pendant plusieurs semaines, en dormant le plus souvent à la belle étoile, soit sur le littoral, soit dans les ruines de la cimenterie qui se dressent à la sortie de la ville sur la route de N. Le jour où leur envie de se laver et de dormir dans un lit devint irrésistible, ils rentrèrent chez eux et se firent cueillir aussitôt. L'un et l'autre en prirent pour six mois, avec un décalage de quelques semaines parce que Michel avait été mis en liberté provisoire avant d'être incarcéré de nouveau. Je rencontrai Dominique aussitôt qu'elle sortit de la maison d'arrêt de S. À cette époque, mon travail consistait à peaufiner, toujours sur le même pétrolier, ce que l'on appelle la « cabine de l'armateur », improprement dans la mesure où les armateurs ont mieux à faire que de naviguer sur leurs pétroliers. Mais peut-être les armateurs grecs font-ils exception à cette règle, car on avait apporté au traitement de celle-ci un soin particulier, dont témoignaient par exemple le chiotte en porcelaine rose — le seul du bord à être rose — ou les reproductions de tableaux de Boucher ou de Natoire représentant des nymphes grassouillettes, toutes choses qui avaient mis en verve mes collègues nettoyeuses lorsque je leur en avais fait faire la visite.

Que Dominique eût ou non conservé d'autres impressions fortes de son séjour carcéral, ce qui l'avait le plus frappée, pendant ces six mois, c'était la lecture de Wilhelm Reich. En un temps où son œuvre est retombée dans l'oubli le plus complet — que cet oubli soit ou non mérité —, il est difficile de se représenter le choc que produisit sur des milliers de gens qui furent jeunes à la fin des années 60, et tous plus ou moins adonnés à la lecture de Marx et Freud, la découverte des principaux ouvrages — *La révolution sexuelle, Psychologie de masse du fascisme, La fonction de l'orgasme* — de ce freudien dissident qui, après s'être efforcé de réconcilier la psychanalyse et la révolution sociale, passa de longues années à traquer de chimériques énergies bio-électriques dans des caissons aménagés à cet effet, puis devint fou, au moins au regard des critères de la société américaine, et mourut en 1957 au pénitencier de Lewisburg. La lecture de Reich — et *La révolution sexuelle* ou *Psychologie de masse,* en particulier, étaient des ouvrages d'une grande force de persuasion — ne pouvait que nous amener à douter un peu plus d'une politique aussi opiniâtrement ignorante de la sexualité que celle mise en œuvre par l'organisation. Elle faisait ressortir un clivage, qui n'allait cesser de s'approfondir, entre certains d'entre nous et cette organisation à laquelle nous continuions d'appartenir, entre une ligne puritaine et militariste et une ligne beaucoup plus laxiste, plus floue, plus accueillante aux plaisirs, plus compatissante aux souffrances individuelles, dont la conséquence logique était la disparition de toute organisation structurée. Dans l'immédiat, la lecture de Wilhelm Reich conduisit Dominique à s'écarter des règles conjugales assez strictes qui prévalaient dans l'organisation, et à vivre avec Frédo, dans une maison abandonnée d'un quartier appelé à disparaître, une aventure dont l'issue ne fut pas glorieuse pour ce dernier : lors de la distribution à la porte d'une usine d'un nouveau tract susceptible d'entraîner une inculpation, en février de l'année suivante, il s'enfuit en abandonnant Dominique entre les mains de la police. Lui-même ne fut pas inquiété, par la suite, tandis qu'elle en reprenait pour deux mois. Alors que Dominique y était incarcérée, Frédo nous proposa en toute simplicité, à la bonne franquette, d'attaquer la maison d'arrêt de S., ce qui achevait de le désigner non seulement comme un imbécile mais comme un vraisemblable provocateur.

Quand il n'y eut plus rien à nettoyer à bord du pétrolier, et que ce dernier, battant pavillon d'Onassis, partit procéder à ses essais en mer, l'entreprise me plaça chez Sud-Aviation, où ma tâche consistait à balayer des copeaux de machines-outils. Dans l'atelier où l'on m'avait affecté, la plupart de ces copeaux provenaient d'un alliage ultra-léger, le Duralumin, dans lequel étaient usinés des éléments du Concorde et de l'Airbus. Lorsqu'on manipulait une pièce en Duralumin assez grande pour que l'on ne pût s'en saisir que les bras écartés, on était agréablement surpris de la trouver si peu pesante qu'il eût été facile d'en soulever trois d'un coup, ou de la lancer en l'air et de la recevoir presque du bout des doigts. La légèreté et la résistance de ce matériau apparemment nouveau, au moins dans l'aviation civile, en faisaient quelque chose d'assez confidentiel, et le personnel de surveillance de l'usine soumettait de temps à autre les ouvriers à des fouilles pour s'assurer qu'ils n'en barbotaient pas des échantillons, ce qui, bien entendu, rendait le vol de Duralumin irrésistiblement tentant, alors qu'en l'absence de ce dispositif, personne n'eût imaginé de cacher sous ses vêtements et de rapporter à la maison de longues spirales bleutées de ce qui n'était malgré tout que de la ferraille. Ma chambre fut bientôt remplie de ces torsades en assez grand nombre pour fabriquer peut-être un petit avion, et si j'avais été en contact avec une puissance étrangère — la Chine, si possible, comme on m'en soupçonna par la suite —, c'est avec plaisir que je lui aurais fait parvenir tout le lot. Quelque temps avant d'être versé dans l'aéronautique, j'avais quitté l'appartement de Jean-François pour m'installer dans un faubourg de S., à la limite du marais, dans une ancienne guinguette que sa propriétaire avait intérieurement divisée, à l'aide de minces cloisons de bois, en trois logements minuscules et extrêmement mal isolés les uns des autres. Deux d'entre eux étaient occupés par de jeunes couples d'ouvriers et le troisième, désormais, par moi-même. L'un des deux couples avait un enfant en bas âge, inévitablement très bruyant, dont il ne semblait pas qu'il fût arrivé à point nommé, et sur lequel ses parents expérimentaient avec succès toutes les techniques élémentaires du *double bind*, chacun le soumettant à des injonctions d'autant plus incessantes qu'il fallait continuellement renchérir sur l'autre partie. À la suite de tentatives toujours brutales, parfois couronnées de succès, mais le plus souvent infructueuses, de viol conjugal, le père et la mère se vengeaient tour à tour sur le gnard des avanies qu'ils venaient d'essuyer. Mes deux autres voisins ne s'arrangeaient guère mieux l'un de l'autre, notamment pour ce qui était du plaisir, et la position, dans laquelle je me trouvais placé bien malgré moi, la nuit surtout, de témoin des déboires amoureux et familiaux de mon voisinage, ne pouvait que renforcer mon adhésion aux thèses de Reich, et me convaincre que leur mise en œuvre présentait même un caractère bien plus urgent que, par exemple, le développement de la guerre de partisans. Dans un premier temps, il me parut tout du moins que l'une et l'autre devaient aller de pair, puis, progressivement, j'en vins à me désintéresser plus ou moins complètement de la seconde. À la même époque, l'organisation décrivait quant à elle une trajectoire exactement opposée, faisant de la lutte armée, qu'elle tendait de plus en plus à confondre avec la résistance à l'occupant nazi, sa préoccupation exclusive. À S., nous étions au moins trois que cette évolution laissait perplexes : Jean-François, Georges et moi, auxquels s'ajoutèrent Dominique puis Michel lorsqu'ils furent sortis de prison. Georges était arrivé peu de temps après moi du monde extérieur, c'est-à-dire de la ville lointaine où l'avait rejeté l'impossibilité d'exercer à S. son métier de boucher. De tempérament anarchiste, il jouissait d'une culture et d'une sagacité politiques qui n'étaient pas de règle parmi les militants de notre groupe et, ce qui l'était encore moins, il donnait l'impression d'être toujours de bonne humeur. Sa mère tenait à P. un des cafés qui fermaient le plus tard et l'un de ceux que visitait le plus fréquemment la police, et Georges avait la réputation d'être particulièrement doué pour y rétablir l'ordre lorsque les clients pétaient les plombs, comme c'était souvent le cas. Beaucoup de ces petits délinquants qui ne peuvent se retenir de se vanter de leurs minces exploits, parfois même avant de les avoir accomplis, s'y faisaient serrer, ivres de gnole et de béatitude, alors que stationnait sur le trottoir d'en face leur voiture encore remplie du butin qu'ils n'avaient pas pris le temps de déballer. C'est là que se fit par exemple épingler à plusieurs reprises l'un des délinquants les plus bêtes de S., Ringo, un type au long et lourd visage criblé de pustules, qui, entre deux casses invariablement loupés et deux séjours en prison, tirait gloire de gagner sa vie en « ramonant des vioques ».

Après mon éviction de Sud-Aviation et ma mise à l'index des quelques grandes usines de la région, c'est avec Georges que je travaillai comme docker occasionnel, et accessoirement comme pêcheur de grenouilles ou comme ramasseur de coques, avant d'échouer à Fers et Métaux de l'Ouest. Le métier de docker occasionnel eût peut-être été bon — c'était assez bien payé lorsqu'il y avait du travail — si le port de S. avait été plus actif. Mais il était exceptionnel qu'un cargo s'y égare, et lorsqu'un tel accident se produisait, le responsable de l'embauche au Bureau central de la main-d'œuvre portuaire se débrouillait pour ne jamais nous recruter, parce que nous n'étions pas syndiqués CGT et que, d'autre part, nous l'insultions et le menacions chaque fois que nous en avions l'occasion. Un matin où Georges et moi poireautions, avant l'heure de l'embauche, devant le BCMO — pour une fois, nous étions employés tous les deux, depuis plusieurs jours, au déchargement d'une cargaison d'ammonitrate —, un type auquel mon genre ne convenait pas (peut-être parce que, à cette époque, j'avais contracté l'habitude, dictée par des contraintes névrotiques et non par des considérations d'élégance, de porter en toutes circonstances des lunettes teintées) sauta de sa mobylette, la planta sur sa béquille et se dirigea droit sur moi pour me casser la gueule. Georges l'intercepta, lui fit remarquer que j'étais handicapé — pure invention, mais je trouvai l'idée intéressante et décidai de m'en resservir à l'occasion, si elle pouvait m'éviter de me faire assommer — et l'invita à s'expliquer plutôt avec lui, ce sur quoi le type bredouilla des excuses, réenfourcha sa bécane et partit sans se retourner.

En même temps que nous travaillions sur le quai, Georges et moi, nous fîmes une tentative pour capturer des grenouilles dans le marais, ayant entendu dire que ces animaux se vendaient à prix d'or auprès des restaurants de la côte. Nous n'avons essayé qu'une journée — le temps de constater que les grenouilles ne se pêchent pas en hiver — mais ce fut une bonne journée. Georges avait emprunté à son frère une fouine, une sorte de harpon à très long manche, aux pointes barbelées, que l'on utilise dans le marais pour pêcher des anguilles. Comme il n'y avait pas plus d'anguilles que de grenouilles, nous avons tenté vainement d'estramaçonner des canards domestiques qui évoluaient sur les canaux très loin de leur basse-cour, puis nous avons définitivement renoncé à vivre de la chasse et de la pêche. Un autre jour, cependant, nous avons passé le temps d'une marée basse à exhumer des rigadaux — des coques — sur la plage de B. De loin, les ramasseurs de rigadaux, éparpillés sur la plage, la pelle en main et l'échine ployée, donnent l'impression de ne pas s'en faire. Mais au bout de deux ou trois heures de ce jeu d'enfant, on constate qu'en dépit du grand air, du cri des mouettes et du bruit du ressac, il s'agit d'une activité physiquement plus éprouvante que presque tout ce que l'on peut vous infliger dans une usine digne de ce nom. Pour abréger, nous avons bourré de morceaux de ferraille, de cailloux ou d'autres saloperies les sacs, infernalement longs à se remplir de coques, dans lesquels la marchandise devait être remise au mareyeur. Et lorsque celui-ci, la mer remontant, est passé pour procéder à la collecte et à la pesée des sacs, dans la mesure où nous étions des nouveaux venus sur la plage, il a vidé les nôtres à grand fracas, exposant notre supercherie et ruinant nos espoirs de faire carrière dans le métier de pêcheur de coques.

Nous nous étions retrouvés dans la soirée à La Mâture, un café de P. situé à proximité de l'entrée principale des Chantiers, en face d'un bassin de radoub accessible à des navires de tonnage moyen. L'idée était de détruire ou d'endommager un peu de matériel à l'école des Chantiers, dont un élève, quelques jours auparavant, avait été victime d'un accident sur une machine mal réglée. Outre un élève de cette même école qui devait nous guider vers l'atelier où commettre nos déprédations, il y avait là un autre camarade venu pour faire le guet, et Frédo, toujours volontaire lorsqu'il y avait de l'action. Frédo était arrivé au rendez-vous coiffé d'un passe-montagne décoré d'un badge à l'effigie de Mao Tsé-toung, comme s'il estimait souhaitable de se faire remarquer (de nous faire remarquer) par toute la clientèle de La Mâture quelques instants avant de commettre un sabotage. En dépit de fréquents séjours en prison, et de ce que dans l'intervalle il avait dû engloutir comme spiritueux, Frédo, auquel il manquait cependant pas mal de dents, était en excellente condition physique. Il prétendait s'être engagé, dans le temps, chez les parachutistes, et avoir pris part à l'expédition menée en 1964 par l'armée française, au Gabon, pour rétablir Léon M'Ba sur son trône. Lorsque l'équipe fut au complet, nous avons quitté La Mâture, qui s'apprêtait à fermer, puis nous nous sommes dirigés vers le bâtiment de l'école des Chantiers, nous nous y sommes introduits par effraction — une effraction assez discrète, toutefois — et, dans l'atelier où l'accident avait eu lieu, nous avons arraché au petit bonheur quelques fils, sectionné quelques tuyaux, brisé quelques cadrans, avant de répandre sur les lieux des tracts explicatifs, de repasser par la fenêtre et de partir au galop. Ce genre d'actions n'accroissait en rien notre prestige : même parmi les plus directement concernés — en l'occurrence, les élèves de l'école des Chantiers —, il s'en trouvait toujours au moins autant pour les condamner que pour s'en réjouir. Leurs répercussions, à l'extérieur, étaient des plus ténues. En revanche, la police s'y intéressant beaucoup plus que le reste du monde, elles nous exposaient à des arrestations et à d'autres désagréments. D'autant que pour les mener à bien, il fallait avoir recours à des casse-cou dans le genre de Frédo, qui souvent avaient eu maille à partir avec la police, et qui parfois, quand bien même ils la détestaient sincèrement, étaient tenus plus ou moins étroitement par celle-ci. Mais c'était le prix à payer pour demeurer, au moins en apparence, dans la ligne de l'organisation.

À la fin du mois de novembre se tint à Paris, devant la Cour de sûreté de l'État, le procès d'Alain Geismar, un de nos dirigeants (à cette occasion, Geismar prononça devant ladite Cour un discours presque aussi con que celui dont Soupot, dit « le mineur du Nord », avait été privé six mois plus tôt par la dissolution, dans lequel il déclarait notamment : « Le paysan va traire sa vache à l'heure où le bourgeois ivre mort rentre chez lui », phrase véritablement magique par la profusion de variantes qu'elle suggère, telles que « la vache rentre chez elle à l'heure où le paysan ivre mort va traire son bourgeois », et ainsi de suite *ad libitum*). À la veille de cette échéance, je collai dans les locaux de Sud-Aviation, sans trop de conviction, des papillons « Procès Geismar = procès du peuple ! » J'en collai notamment dans les toilettes : ça ne mangeait pas de pain, bien que les portes en fussent ajourées à quinze centimètres du sol afin de gâter le plaisir des tire-au-flanc et de permettre aux contremaîtres de les repérer. Puis les choses empirèrent avec le numéro de *La Cause du peuple* qui parut à l'occasion du procès, intitulé « Pas un flic ne sortira vivant de Paris insurgé ! », et illustré par un dessin représentant un flic étendu, présumé mort, sur un trottoir. En dehors même de la démesure du slogan, car il était évident que « Paris » ne s'insurgerait pas, se placer ainsi sous l'invocation de la mort, et de la mort la plus concrète, telle que l'évoquait crûment le dessin, parut à quelques-uns d'entre nous une ignominie. Le débat qui en résulta dans l'unité de S. se conclut par la décision, largement majoritaire — s'il convient de parler d'une large majorité dans un groupe comptant tout au plus une dizaine de membres —, de faire disparaître tous les exemplaires du journal qui nous avaient été expédiés. Comme nous ne voulions pas que l'ennemi fût averti de nos dissensions, nous avons dû rechercher un moyen de nous en débarrasser sans laisser de trace. Et une nuit, Georges, Jean-François et moi-même, nous nous sommes rendus dans un bois proche de S., où, à la lueur d'une lampe de poche, nous avons creusé un trou assez profond pour contenir les cent cinquante à deux cents exemplaires du journal, puis nous l'avons rebouché et dissimulé avec soin, sans même apprécier ce qu'il pouvait y avoir de pompeusement comique dans le symbolisme de cette inhumation.

Puis notre dérive s'accéléra. Non que tout nous déplût dans la politique de l'organisation : ainsi, l'enlèvement d'un député qui passait pour être l'un des principaux responsables du scandale de la Villette, dans les jours qui suivirent la condamnation de Geismar, nous convint-il d'autant mieux que l'enlevé fut rapidement relâché. À l'occasion, il nous arriva de vendre de nouveau *La Cause du peuple*, mais nous diffusions également *Tout*, un journal d'une tournure beaucoup moins austère et qui, s'il ne proscrivait pas explicitement la lutte armée — en particulier si elle devait éclater aux États-Unis —, prônait tout de même plus volontiers l'usage du joint et de la guitare électrique. Dans *Tout* s'exprimaient de nouveaux mouvements, tels ceux des femmes ou des homosexuels, ou encore le Front de libération de la jeunesse (« Nous ne sommes pas contre les vieux, mais contre tout ce qui les a fait vieillir »), que l'organisation ignorait quand elle ne les flétrissait pas avec des grâces de langage toutes staliniennes. Ainsi diffuser *Tout* en même temps que *La Cause du peuple* témoignait-il d'une pusillanimité qui ne pouvait pas nous mener loin. La rupture survint à l'initiative de P., le dirigeant régional de l'organisation, qui, prévenu de notre dissidence — nous ne nous cachions pas —, me convoqua pour une explication dans le marais. Je me rendis à cette convocation en sortant du travail, sur la mobylette bleue qu'un camarade originaire d'une autre ville avait abandonnée dans sa fuite, et qu'en dépit de ses protestations tardives (et petites-bourgeoises) j'avais annexée comme véhicule de fonction. En chemin, je me représentais toute les horreurs que l'organisation pourrait me faire subir pour prix de ma trahison — outre l'horreur que constituait déjà la certitude d'être désormais en désaccord avec elle —, y compris peut-être mon immersion dans un de ces étangs couverts de joncs, pleins de promesses d'anguilles et de grenouilles endormies pour l'hiver, qui s'étendaient de part et d'autre de la levée de terre sur laquelle je roulais. Dans d'autres pays — l'Allemagne, le Japon, l'Italie —, c'est sur ce mode que se réglaient parfois les différends au sein des organisations se réclamant des mêmes doctrines. P. m'attendait à l'intérieur d'une 403 noire garée devant le porche d'une église, en retrait d'un village entouré par les eaux. Sans doute parce qu'il était recherché par la police, il avait les cheveux teints d'une couleur étrange. Mais rien de ce que j'avais appréhendé ne se produisit. Que cela soit dû à la position éminente que mon frère occupait dans la hiérarchie de l'organisation — et plus précisément de sa branche « militaire », celle qui venait de s'illustrer en enlevant un député —, ou à d'autres considérations, toujours est-il que mon exclusion fut consommée sans éclat (dans les deux sens de ce mot) : un peu comme si, plutôt qu'exclu, j'étais mis de côté. Après avoir fait le point sur nos divergences, P. et moi, et constaté qu'elles tenaient à la ligne elle-même et non à de simples détails de sa mise en œuvre, nous nous sommes séparés froidement, mais sans échanger d'invectives ou de menaces. Par la suite, on ne m'enjoignit pas de quitter la ville, on ne me soumit pas à des séances de « critique » et d'« autocritique », on ne répandit pas sur mon compte de rumeurs mensongères, et on ne fit rien pour décourager les bricolages auxquels nous continuions de nous livrer, comme de sortir par intermittence un petit journal, *La Fourmi rouge*, autour duquel nous nous sommes efforcés quelque temps, sans beaucoup de succès, de réunir des gauchistes de différentes obédiences. En somme, nous étions devenus ce qu'il est convenu d'appeler des opportunistes, et le représentant local de la Ligue communiste révolutionnaire (trotskiste), avec qui nous entretenions pourtant les relations les plus cordiales, désormais, ne me dissimula pas qu'à son avis, du train où j'allais, je ne tarderais pas à m'écarter définitivement du marxisme et de la révolution.

En même temps que j'étais exclu (ou que je m'excluais) de l'organisation, je fus expulsé de Sud-Aviation et licencié par l'entreprise de nettoyage qui m'y employait. Un matin, alors que je balayais paisiblement des copeaux de tour dans l'atelier aux machines-outils, un cadre surgit, hors d'haleine, et s'entretint avec le chef d'atelier, lequel me somma de quitter l'usine sur-le-champ. Pendant quelques instants, cette absence de sang-froid de la direction, en me désignant comme une menace si pressante pour l'ordre social en général et l'industrie aéronautique en particulier, me fit apparaître, au moins à mes propres yeux — et dans une bien moindre mesure aux yeux de l'ouvrier qualifié qui travaillait sur la machine la plus proche, un ancien communiste revenu de tout, qui me prodigua quelques paroles d'encouragement —, comme un héros digne des romans prolétariens de Steinbeck ou de Roger Vailland. Et cette impression fut encore renforcée par l'entretien que j'eus le jour même, à sa demande, avec le patron de l'entreprise de nettoyage. C'était, d'après lui, sur les instances de la DST (Direction de la surveillance du territoire) que j'avais été expulsé de Sud-Aviation, les services de contre-espionnage me tenant pour susceptible de communiquer à une puissance étrangère — la Chine, en l'occurrence — des informations relatives aux activités de l'usine qui relevaient du secret-défense. Ainsi cette procédure me désignait-elle non seulement comme un militant révolutionnaire redoutable, mais comme un espion potentiel. Il y avait de quoi rêver. Cet entretien avec le patron de l'entreprise de nettoyage se déroulait dans un bistrot du centre-ville, où il avait insisté pour me rencontrer aussitôt après qu'on m'eut donné mon compte. Nous buvions du pastis et je fus bientôt à moitié saoul, grisé, autant que par l'alcool, par la crainte qu'exprimait mon interlocuteur des représailles que nous pourrions exercer contre son entreprise. Il tenait absolument à me convaincre qu'il me licenciait à contrecœur, qu'il n'y était pour rien, mais qu'il n'était pas de taille à outrepasser les consignes de la DST. Je lui fis crédit sur ce point. En le quittant, je lui promis qu'exceptionnellement, compte tenu de sa bonne volonté, nous nous abstiendrions de mettre le feu à sa boutique, ce qui me coûtait d'autant moins que nous ne l'aurions pas fait, de toute façon.

Dans le courant du mois de décembre, nous avons mené avec Frédo notre dernière action commune. Le cargo à bord duquel nous travaillions, Georges et moi, au déchargement d'une cargaison d'ammonitrate, était enregistré à Bilbao. Un tribunal de Burgos venait de condamner à mort plusieurs militants nationalistes basques qui, peu après, furent effectivement garrottés. Une nuit, nous avons donc emprunté une barque amarrée au pied de la base sous-marine, et nous sommes allés peindre « Franco assassin », en grands caractères blancs, sur le côté de la coque regardant le bassin, celui devant lequel défilerait le lendemain matin une grande partie des ouvriers embauchant aux Chantiers. N'ayant pas l'habitude de peindre sur l'eau, nous avions négligé de nous munir de ventouses pour nous plaquer contre la coque du cargo, de telle sorte qu'à chaque coup de brosse la barque était repoussée vers le large, et qu'il nous fallut pour parachever cette inscription dix fois plus de temps que nous n'en aurions mis sur la terre ferme. Mais le résultat fut à la hauteur de nos efforts. Et le lendemain, notre œuvre faisait l'objet de commentaires favorables non seulement en ville, et aux Chantiers, mais même à bord du cargo espagnol, dont l'équipage ne semblait pas pressé de la faire disparaître.

Fers et Métaux de l'Ouest, où je me retrouvai après ce bref détour par le quai, était une petite entreprise bien tranquille, implantée dans un faubourg de la ville qui sentait encore la vache et le lapin. On ne s'y tuait pas au travail. On y trouvait, entassée plus ou moins par genre, à ciel ouvert, de la ferraille de tout calibre et de toute section, des cornières et des fers en U, des plaques de tôle diversement rouillées, plus ou moins épaisses, des fils d'acier et des tuyaux de cuivre, de la chaîne d'ancre et même des balises entières, ou peu s'en faut, enfin tout le déchet de l'activité métallurgique et navale qui constituait la spécialité de la région. Le plus intéressant, de notre point de vue, c'était la chaîne d'ancre, dans la mesure où les marins-pêcheurs qui en achetaient insistaient toujours pour que nous truquions les chiffres au moment de la pesée, et pour que soit équitablement partagé le bénéfice résultant de ces petites malversations. FMO n'étant pas le genre d'entreprises auquel on est fier d'appartenir, ni de celles qui ouvrent des perspectives de carrière, chacun ne pensait qu'à en faire le moins possible et à gratter tout ce qui pouvait l'être, en tirant le meilleur parti de ce que le travail se déroulait presque toujours en plein air, dans une sorte de parc, et sans surveillance rapprochée. De tout ce rebut lourd et ferrugineux, le cuivre rouge étant à peu près le seul article dont une quantité transportable à dos d'homme se monnayait, dehors, à un prix raisonnable, en soustraire devenait l'obsession du personnel, ou de sa frange la plus entreprenante. Je fus moi-même associé à un projet de vol en gros de cuivre rouge, de nuit et avec un camion, qui périclita parce que personne, au fond, n'était prêt à prendre de tels risques pour un gain malgré tout assez hypothétique. Mais à défaut de la voler beaucoup, sinon en rêve, nous coûtions cher à l'entreprise en heures passées à ne rien faire : de son côté, elle nous payait si peu que notre résistance au travail n'était qu'un juste retour des choses. Beaucoup d'employés de FMO étaient des paysans du marais — l'un d'entre eux prétendait n'avoir jamais fait le voyage de N., la grande ville distante d'une soixantaine de kilomètres — et c'était leur influence qui prévalait dans l'organisation de nos loisirs. À la base du système, il y avait l'excursion chez Aoustin, le fabricant de pinard dont les installations jouxtaient celles de FMO. Pour l'essentiel, Aoustin fabriquait — embouteillait — deux vins très ordinaires, un rouge, le Kidimieu, et un blanc, le Père Julien. Le jeu — en particulier pour les nouveaux venus à FMO, car il s'agissait en quelque sorte d'un rite d'admission — consistait à se faufiler chez Aoustin en rampant par un trou du grillage, équipé de deux filets à provisions, et à les rapporter garnis du plus grand nombre possible de litrons, tant de rouge que de blanc. Une fois cette mission accomplie, il ne restait plus qu'à les boire, le tout, bien entendu, à l'insu de l'encadrement. La moitié du plaisir, au moins, tenait au caractère clandestin de toute la manœuvre, aussi bien la collecte du vin que sa consommation. Lorsque le raid chez Aoustin avait été fructueux, la journée se terminait parfois dans un climat d'euphorie préjudiciable à la bonne marche de l'entreprise et à la sécurité de son personnel. Le plus jeune d'entre nous, qui répondait au surnom de

Baise-tout-debout et qui se flattait, en toute innocence, d'avoir gagné plus d'argent que d'habitude en faisant le briseur de grève en Mai 68 — ce qui est assez dire combien le niveau politique, dans cette usine, laissait à désirer —, montait à grand-peine sur sa mobylette et parfois même devait y renoncer. Mais le plus gros consommateur de Kidimieu était un grutier qui approchait de l'âge de la retraite, Gaby, dont toute la vie eût été contenue dans les limites du département, ou même de la ville et de sa périphérie, si la guerre d'Algérie n'était venue s'en saisir pour en faire un héros malgré lui. Syndiqué CGT, Gaby avait été donné pour mort à la suite d'un accrochage — ou bien le syndicat avait décidé en connaissance de cause de le faire mourir provisoirement, et pour l'exemple — et sa mort présumée avait donné lieu à des manifestations contre la guerre lors desquelles son nom s'était promené sur des banderoles dans les rues de S. Ressuscité, Gaby n'en revenait pas d'avoir atteint par erreur une telle notoriété. Puis Gaby était rentré de la guerre, pour retrouver l'anonymat et son travail de grutier. Un jour, il faillit tuer plusieurs d'entre nous en faisant tomber sur le côté sa grue automotrice, parce qu'il s'obstinait à lever latéralement, la flèche télescopique déployée au maximum, une palanquée beaucoup trop lourde. Par miracle, la grue ayant vacillé un instant avant de se coucher sur le flanc, personne ne fut blessé. Pas même Gaby, qui mit tout de même une minute ou deux à recouvrer ses esprits, puis parvint à s'extraire de la cabine et s'éloigna du pas mal assuré d'un tankiste ayant survécu à la destruction de son char, arrangeant sur sa tête le bonnet de laine dont il était invariablement coiffé, cependant que tout le monde, afin de le couvrir, assaillait d'explications discordantes les petits chefs accourus pour s'enquérir.

À la fin du mois de décembre, comme les fêtes approchaient, je pris la décision de me suicider si, à cette occasion, je ne me trouvais pas une fiancée. Ma passion pour Suzanne continuait à s'exprimer à travers des lettres-fleuves, mais elle était loin de répondre à toutes mes aspirations dans ce domaine, si vif que fût mon goût pour les sentiments hypertrophiés. Or mes tentatives de conquête, lors des bals qui se déroulaient en fin de semaine dans une salle proche de la mairie de S., s'étaient soldées jusque-là par des échecs, tant parce que je dansais comme une enclume que parce que ma faconde plongeait mes interlocutrices dans le désarroi (lors d'une bagarre généralisée, dans cette même salle, j'observai qu'aucun des belligérants ne s'en prenait à moi, pas plus qu'aux filles, et j'en retirai la conclusion que je bénéficiais, au moins dans ce contexte, du statut peu enviable d'« assimilé-gonzesse »). La nuit du nouvel an, nous nous sommes rendus dans plusieurs bals, Georges, Jean-François et moi, sans que se manifestât l'objet aimé. Tard dans la nuit, je suis rentré chez moi — dans la cabane tripartite que je partageais à C. avec les deux jeunes couples — à peu près dans le même état que Gaby lorsqu'il s'était extrait de la cabine de sa grue. Puis j'ai absorbé le contenu de deux tubes de Gardénal que je tenais en réserve depuis plusieurs mois, au cas où. Ma conviction — récente — de m'être cette nuit-là donné le change à moi-même tient notamment à ce que je disposais dans mon galetas d'un chauffage au gaz, et qu'à aucun moment je n'eus l'idée d'ouvrir la bouteille, alors que cette précaution supplémentaire aurait multiplié mes chances de succès. Au lieu de cela, je m'allongeai sur mon lit en attendant que le Gardénal fît son effet, tout en me prodiguant toutes sortes de louanges pour cette mort digne de l'Antique, et de consolations pour la peine assez vive qu'elle me causait. La peur me prit au bout d'un temps indéterminé, quand je sentis, ou crus sentir, mes membres s'engourdir et mon esprit s'obscurcir bien au-delà de ce que l'excès d'alcool entraînait habituellement. N'ayant averti personne de mes projets, n'ayant écrit aucune lettre, j'étais libre de revenir sur ce choix sans m'exposer au ridicule. Or, tout d'un coup, ce que je pris pour les signes avant-coureurs de la mort concrète — bien différente de la mort idéale, pleine de flonflons et de froissements de soie, dont je m'étais repu auparavant — m'inspira une grande frayeur. Après quelques hésitations de bon ton, vraisemblablement destinées à ne pas me détromper trop brutalement sur la sincérité de mes intentions, je me relevai, sortis de la cabane, enfourchai mon véhicule de fonction et fis route vers l'hôpital, à l'autre bout de l'agglomération, avec le sentiment exaltant d'être déjà à moitié mort et peut-être sur le point de ressusciter. Il neigeait, et cette impression d'être mort à demi fut accentuée, lorsque je dus traverser la route nationale, par le fait que les camions qui fonçaient sur moi se déplaçaient sans bruit. En chemin vers l'hôpital, je tombai — comme le Christ — à plusieurs reprises. Arrivé à destination, je plantai ma mobylette sur sa béquille, dans la cour, et je me présentai aux urgences où j'expliquai mon cas sans démonstration particulière d'affectivité, ce qui aussitôt m'attira l'antipathie vigilante du personnel. À l'évidence, celui-ci attendait des suicidés repentis qu'ils manifestent au moins un peu d'humilité et se laissent aller à quelques pleurnicheries. On m'enferma donc dans un local exigu, violemment éclairé, où je passai plus d'une heure à méditer, allongé sur une civière à roulettes. Puis j'en fus extrait, toujours avec la même délicatesse, pour être poussé dans un autre local où, m'ayant enfoncé un tuyau dans l'œsophage, on me soumit à la question ordinaire et extraordinaire, puis à un interrogatoire stupide auquel je répondis par monosyllabes. Pendant ce court séjour à l'hôpital de S., comme pendant une garde à vue, mon mutisme me valut toutes sortes de désagréments. Pourtant, je faisais tout ce qu'on me disait, j'avalais sans chipoter tous leurs médicaments et je m'en trouvais bien, car ils me rendaient euphorique, mais le simple refus, au demeurant poli, de me conformer à ce qu'ils attendaient d'un OS de vingt et un ans hospitalisé volontairement à la suite d'une tentative de suicide aux barbituriques, ce refus était plus qu'ils n'en pouvaient supporter. Sur un autre mode, plus fraternel, les indiscrétions de mon voisin de chambre, un type un peu plus jeune que moi et hospitalisé pour les mêmes motifs, m'indisposaient presque autant que celles des médecins ou des psychologues. Il s'obstinait à me demander « comment elle s'appelait », et je m'obstinais à lui répondre, de bonne foi, que mon geste n'était dédié à personne en particulier. Si les médecins ne m'aimaient pas, les aides-soignantes, de leur côté, nous firent rapidement comprendre, à mon compagnon de chambre et à moi-même, que, si nous voulions continuer à jouir de toutes les commodités que nous procurait l'assistance publique, nous avions intérêt à mettre la main à la pâte. Ainsi dûmes-nous aider au balayage, à la vaisselle et à d'autres petits travaux. D'ailleurs nous étions en bonne santé, et c'était un moyen comme un autre de lutter contre l'ennui inhérent à tout séjour hospitalier. Le lendemain de ma résurrection, Georges, qui avait passé une bonne partie de la journée du 1er à me rechercher, vint me rendre visite, et lui, du moins, ne me posa aucune question : il était content de m'avoir retrouvé, cela se voyait, et sa gaieté était aussi communicative que d'habitude.

À ma sortie, bien que ne sachant toujours pas conduire, j'empruntai à un ami typographe sa Renault 4, je me rendis à N. en compagnie de Dominique, j'y volai au drugstore de la place G. une bouteille de Johnny Walker, et nous revînmes à S. en la buvant par petites gorgées, sous la neige de nouveau, roulant aussi vite que le permettaient les performances limitées de la 4L et mon ignorance de la conduite.

Dans la forêt de Sénart, à la sortie de Brunoy, mon éventaire recevait chaque jour la visite de deux ou trois petits vieux, toujours les mêmes, dont c'était l'unique distraction accessible à pied depuis leur maison de retraite. Ce qui attirait les petits vieux, en plus de la conversation, c'était leur espoir de me retrouver un jour assassiné par un rôdeur. À les entendre, la forêt de Sénart en était pleine, en particulier dans ce secteur où évoluaient aussi quelques putes et les clients, automobilistes ou routiers, de ces dernières. On sentait que, bien que dépourvus de toute malveillance à mon égard, ils attendaient beaucoup de mon assassinat, qui eût confirmé aussi bien leur thèse explicite sur l'abondance, l'audace et la malignité des rôdeurs, que leur thèse implicite relative à la mort, comme quoi elle frappait aveuglément, au petit bonheur, et qu'ainsi les vieux n'étaient pas particulièrement désignés pour être emportés les premiers. En somme, ma mort eût prolongé leur espérance de vie, comme toutes ces morts criminelles, accidentelles, catastrophiques, dont la chronique, dans la presse sanguinaire, leur procurait des satisfactions chaque jour renouvelées. Pour hâter les choses, pour infléchir le destin, l'un des petits vieux, qui était outillé d'une béquille, s'en saisissait et faisait le geste de m'assommer par-derrière : « Comme ça, ping ! un bon coup sur les oreilles. Et après, il n'y a plus qu'à s'envoler avec la caisse. » Qui sait si de retour à la maison de retraite, à la nuit tombée, il ne leur arrivait pas de fomenter entre eux de vrais projets de m'estourbir, afin que leur thèse fût vérifiée pour de bon, et tout de même également pour la caisse. Il arrivait aussi qu'une des putes, sortant de ses fourrés, vînt me faire un brin de conduite. Quant à ma clientèle, elle avait ceci de commun avec la leur qu'elle se composait exclusivement d'hommes esseulés, car aucune femme ne se serait laissé prendre au truc de la vente directe — « du producteur au consommateur » — de pommes de terre et de goldens à la sortie de Brunoy. Et même les hommes, il fallait qu'ils fussent bien distraits pour imaginer que les pommes se cueillissent en hiver au fond des forêts de l'Essonne. Lorsque leur ignorance des réalités atteignait à la candeur, c'est moi qui les mettais en garde, leur faisais observer toutes les pommes pourries, ou tavelées, pour ne rien dire des patates, adroitement dissimulées parmi celles qui l'étaient un peu moins, et leur conseillais d'aller plutôt se fournir au supermarché. Je n'avais à cela aucun mérite dans la mesure où nous n'étions pas payés au pourcentage, même s'il fallait vendre un minimum pour se maintenir dans la place, outre qu'il était plus facile de trafiquer les comptes lorsqu'il y avait en caisse beaucoup d'argent. Notre employeur, Marinero, donnait lui-même un remarquable exemple de malhonnêteté, mais si éhontée, si grossière, qu'il n'a pas dû persister longtemps dans ce commerce. Sans doute n'était-ce pas non plus son intention. Tous les matins, un camion chargeait dans la cour de son pavillon les sacs de patates et les cageots de pommes venus de Dieu sait où, et répartissait ensuite les vendeurs, avec leur lot de marchandises pour la journée, entre des emplacements repérés par Marinero comme susceptibles d'accréditer l'imposture de la vente directe.

Le soir, le camion venait nous ramasser et nous rendions des comptes à Marinero en essayant de le voler autant que possible, mais sans perdre de vue qu'il était à ce jeu beaucoup plus fort que nous. Et le lendemain matin, nous redisposions dans les cageots les mêmes pommes un peu plus fatiguées que la veille, les retournant interminablement afin de présenter au public l'unique partie, jour après jour plus difficile à trouver, qui ne fût pas tachée de pourriture. Au bout de quelque temps, nous étions passés maîtres dans cet art, somme toute assez simple, de maquiller les pommes. Puis vint le tour des pêches, et c'est là que les choses se gâtèrent. Marinero sentait qu'aucun automobiliste parisien, ou banlieusard, même s'il s'en trouvait pour tomber dans le panneau des pommes, n'était assez godiche pour croire qu'il poussait également des pêches dans la forêt de Sénart. En revanche, dans le Midi, la chose était beaucoup plus susceptible de passer, et c'est pourquoi il décida de nous y envoyer. Précédés d'un camion chargé de cageots de pêches de provenance aussi mystérieuse que les pommes, nous avons donc pris la route pour Fréjus, Marinero ayant élu cette localité comme base arrière de ses opérations, peut-être parce qu'il y avait traité auparavant d'autres affaires louches. Nous étions trois dans la fourgonnette partie sur les traces du camion : Félix, le chauffeur, Jean-Noël, qui venait de sortir de prison — nous avions été l'accueillir en corps constitué, avec un bouquet de roses rouges, devant le portail de la Santé —, et moi-même. Félix était un ouvrier tapissier malchanceux et hâbleur, qui nous inspira des sentiments mêlés jusqu'à ce qu'il raconte comment il s'était fait une spécialité de ramasser des auto-stoppeuses à la sortie de Paris et de les abandonner en rase campagne, si possible de nuit, lorsqu'elles repoussaient ses avances. Le chauffeur du camion, en revanche, était un type sympathique, un anarchiste, assez porté sur la bouteille. À peine étions-nous arrivés à Fréjus, dans l'espèce de pension de famille désaffectée, sur le front de mer, où Marinero avait établi son quartier général, que Jean-Noël eut maille à partir avec ce dernier. Marinero lui avait tendu un piège grossier, se trompant à notre bénéfice de cent ou deux cents francs lorsque Jean-Noël lui rendit les comptes du voyage. Pendant le dîner, dans le local réservé au personnel et séparé de la salle à manger particulière de Marinero par une tenture rouge, nous nous interrogions, Jean-Noël et moi, sur les suites qu'il convenait de donner à cette affaire — en un mot, devions-nous rendre l'argent ou non ? — lorsque Marinero nous prit de court en écartant soudainement les plis de la tenture rouge, et en notifiant son congé à Jean-Noël après l'avoir publiquement accusé de vol. Tout le personnel fut frappé de terreur, comme convenu, par cette démonstration de l'infaillibilité quasi pontificale de Marinero. Ce dernier précisa qu'en dépit de mes liens avec Jean-Noël, il me considérait comme étranger à la tentative de détournement de fonds et qu'en conséquence il était prêt à me conserver dans son équipe. En fait, il s'agissait d'une manœuvre pour me contraindre à partir de moi-même, et éviter ainsi de me payer le billet de retour. Mais comme tout meneur d'hommes de cette trempe, Marinero savait aussi, à l'occasion, se montrer magnanime. Tard dans la soirée, au comptoir d'un bistrot, entre deux tournées, il m'offrit de jouer au 421 le montant du billet de chemin de fer, je gagnai et il s'exécuta. Par la suite, il ne nous fallut que deux jours pour rejoindre Paris en stop, dans le véhicule du camionneur anarchiste jusqu'à Cavaillon, et, au-delà, par nos propres moyens.

La fin de l'hiver fut marquée par des événements d'importance. En mars, lors de la manifestation organisée contre la tenue d'un meeting d'extrême droite à la porte de Versailles, la police subit une déroute momentanée, d'une ampleur inhabituelle, avant de se ressaisir et de prendre sa revanche sur un groupe isolé de manifestants dont je faisais partie. Blessé à la tête — une blessure superficielle, mais énormément saignante —, je trouvai refuge dans le hall d'un immeuble avant d'en être expulsé par un concierge pris de boisson et pistolet au poing. En avril, dans un autre ordre d'idées, lors d'une fête commémorative réunissant des camarades de S. dans le pavillon de banlieue des parents de Dominique, en leur absence bien entendu, nous infligeâmes à ce dernier de considérables dégâts à l'occasion de ce que l'on pourrait désigner comme une bataille de fleurs, où je manquai d'être tué par un pot de géranium lancé avec adresse, depuis la fenêtre du premier étage, par un de mes anciens collègues du Bureau central de la main-d'œuvre portuaire. Au printemps, après avoir été congédiés par Marinero, Jean-Noël et moi, nous avons exercé quelque temps le métier de livreur — ou, plus précisément, de ripeur — pour le compte du Bazar de l'Hôtel de Ville. Avec les pourboires, c'était un métier qui payait bien et vous maintenait dans une excellente condition physique, même s'il ne ménageait aucune de ces opportunités érotiques dont se gargarisent parfois ceux qui ne l'ont pas exercé. En ce qui me concerne, aucune cliente ne me fit jamais de propositions équivoques, mais beaucoup m'engueulèrent, ou me privèrent de pourboire, parce que je me refusais à installer, ou même à déballer, les meubles ou le matériel électroménager que j'avais pour tâche de livrer, et rien de plus.

En août, alors que nous étions en chômage technique, survinrent en Irlande du Nord les troubles les plus sérieux, les plus vastes, les plus meurtriers, que l'Europe de l'Ouest eût accueillis depuis longtemps. Confrontées à l'agitation de la minorité catholique et du mouvement, qui en émanait, des Droits civiques, puis à la recrudescence des attentats de l'IRA entraînée par le déploiement de l'armée britannique dans les quartiers rebelles, les autorités venaient d'introduire l'Internement, une législation d'exception qui permettait de détenir sans jugement tout individu soupçonné d'appartenir à une organisation clandestine. Le résultat de ces mesures d'urgence, comme souvent, fut à l'opposé de ce qu'on en escomptait. Alors que pendant le mois précédant l'entrée en vigueur de l'Internement, en juillet, on n'avait compté en Irlande du Nord que quatre victimes des « troubles », trente-cinq personnes restèrent sur le carreau dans le mois qui suivit. C'était une occasion à ne pas manquer. Le 18 août, après avoir traversé en stop la Grande-Bretagne, puis passé à bord d'un ferry le canal du Nord, nous assistions, Jean-Noël et moi, à l'incendie — d'origine criminelle à n'en pas douter — du cinéma le Clonard, sur Falls Road, la principale artère d'un des plus fameux ghettos catholiques de Belfast. L'incendie du Clonard dégageait énormément de flammes et de fumée, en somme c'était un très bel incendie, et tel était également le point de vue des gamins du quartier, qui s'efforçaient de compliquer autant que possible la tâche des pompiers. Lorsque de petits blindés de l'armée britannique survinrent pour rétablir l'ordre, ils furent accueillis par des jets de pierres et des coups de bâton, sans que ces démonstrations, qui ne les mettaient guère en danger, entraînent de riposte violente des militaires.

En ce mois d'août, le Clonard n'était pas le seul édifice de Belfast à être la proie des flammes. Le feu crépitait un peu partout, et c'était parfois une rue tout entière qui brûlait, sans qu'il fût toujours possible de déterminer l'obédience des incendiaires — « loyalistes » ou « républicains » — ni les buts politiques qu'ils poursuivaient. Ainsi, dans le ghetto catholique d'Ardoyne, toutes les maisons de Farringdon Gardens, plusieurs dizaines, étaient-elles parties en fumée. Aujourd'hui, alors qu'un quartier neuf, à peine plus attrayant que le précédent, s'est développé sur l'emplacement des maisons brûlées, la thèse qui prévaut à Ardoyne est qu'elles furent incendiées volontairement par leurs locataires protestants, avant qu'ils traversent la rue pour se réfugier dans le ghetto voisin, mais loyaliste, de Shankill. À l'époque, on disait simplement qu'elles avaient été incendiées par les protestants.

C'est à Ardoyne, au terme de nos pérégrinations dans les quartiers catholiques les plus proches du centre, que nous avons passé notre première nuit à Belfast, dans une salle de classe de l'école de la Sainte-Croix transformée en centre d'accueil pour réfugiés. Comme souvent dans les périodes révolutionnaires, ou du moins les périodes de crise politique et sociale aiguës, la vie à Ardoyne était joyeuse et assez débridée, dans les limites autorisées par l'omnipotence d'un clergé catholique moyennement éclairé. Ainsi, lors des bals qui avaient lieu presque chaque soir dans la salle paroissiale, était-il envisageable, et peut-être même recommandé, de serrer étroitement et de bécoter avec ardeur sa cavalière, mais rien de plus. Encore ces privautés ne nous étaient-elles accordées qu'en notre qualité d'amis de la révolution irlandaise, qualité qui, pour l'instant, n'exigeait de nous rien de plus que d'absorber d'étonnantes quantités de bière, plus rarement de whisky, de reprendre au refrain des chants républicains presque toujours extrêmement beaux, tels que *We are off to Dublin in the Greens*, *Foggy Dew* ou *The grave of James Connolly*, et d'y répondre par quelques couplets de *La Marseillaise*, un hymne dont nos hôtes se montraient insatiables même si nous le tenions, par-devers nous, pour chauvin et bourgeois.

À Derry, nous dûmes donner des preuves plus tangibles de notre dévouement à la cause républicaine. Le terrain, peut-être, se prêtait mieux à un type d'affrontement dont nous avions une certaine expérience. Ou bien nous étions arrivés à un meilleur moment. Aux confins des quartiers du Bogside et de Creggan, chaque jour ramenait une petite émeute aux règles·établies une fois pour toutes et rarement transgressées : insultes mettant en cause la virilité de l'adversaire et la légitimité de son lignage, accompagnées de jets de pierres ou de bouteilles incendiaires, auxquels répondaient des tirs de grenades lacrymogènes et de balles en caoutchouc, ces dernières affectant à peu près la forme et les mensurations d'un godemiché de taille médiocre. Jean-Noël se fit une réputation en allant récupérer sous le nez des soldats britanniques, harnachés comme des chevaux de picador, les rouleaux de pellicule qu'un tir de grenade lacrymogène, droit dans le sac en plastique qu'il tenait à la main, avait éparpillés sur la pelouse. Moi-même, ayant été brièvement assommé par une balle en caoutchouc dont la trajectoire devait être approximativement tangente à la courbe de mon pariétal, je fus soulevé de terre par des mains innombrables, et, dans cet équipage, porté jusqu'à la maison la plus proche où l'on me traita, sans se heurter à aucune résistance de ma part, comme un blessé de guerre. La plupart des émeutiers étaient très jeunes. On comptait dans leurs rangs une proportion plus que satisfaisante de gamines au visage constellé de taches de rousseur, au charme desquelles il était difficile de résister lorsqu'elles s'égosillaient à traiter les soldats de « British pigs » et de « Fucking bastards ». C'était, il faut en convenir, de bien agréables émeutes, entre lesquelles nous étions reçus par les habitants de Creggan avec une telle surenchère d'hospitalité qu'il nous arrivait de faire jusqu'à trois petits déjeuners par jour. Quand la situation devenait intenable pour les troupes à pied, les Britanniques envoyaient des véhicules blindés qui fonçaient sur les pelouses, escaladaient les trottoirs, braquant sur les émeutiers le canon de leur mitrailleuse logée dans une tourelle mobile. L'IRA, qui n'était intéressée par ces débordements que dans la mesure où ils pouvaient lui servir à revenir sur le devant de la scène, choisissait en général ce moment pour renvoyer sèchement les émeutiers à la maison en faisant circuler l'ordre de quitter la rue — « Clear the street » — dans l'attente d'une embuscade contre les militaires britanniques qui le plus souvent ne venait pas. Le silence s'abattait sur le quartier, chacun se terrant chez soi, et chaque alerte de ce genre renforçait la mainmise des clandestins sur une insurrection dont le déclenchement ne leur devait pas grand-chose, et dont ils ne s'efforçaient de prendre le contrôle qu'afin de la vider de sa substance sociale et de lui imposer leurs propres objectifs nationalistes.

Les « troubles », pour reprendre la terminologie britannique, avaient attiré en Irlande du Nord pas mal de touristes dans notre genre, venus de toute l'Europe et jusque du Japon ou d'Amérique. Dans les échauffourées de Derry, nous avons ainsi fait la connaissance d'un étudiant canadien, James, d'un photographe italien, Flavio, et de sa fiancée britannique, Sue, avec lesquels nous nous sommes retrouvés associés, plus ou moins, bien que dès le premier moment de cette rencontre Flavio nous eût indisposés en giflant à toute volée sa compagne parce qu'elle tardait à lui passer un film afin de recharger son appareil. Fils de grande famille, par ailleurs membre éminent du groupe Lotta Continua, ou se présentant comme tel, Flavio offrait un bel exemple de tout ce qu'il pouvait y avoir de plus odieux dans l'ultra-gauche italienne de ces années-là. Pour faire bonne mesure, James, le Canadien, était un parangon d'innocence et de générosité. Notre première action commune consista, le jour de notre départ de Derry, à prendre le petit déjeuner dans le meilleur hôtel de cette ville en déclarant de faux numéros de chambre, puis à nous ruer sur l'autocar à destination de Belfast au moment où il démarrait. Encouragés par ce premier succès, à Belfast, dans le quartier des affaires, quadrillé par d'innombrables soldats et policiers en armes, nous avons entrepris de déménager les rayonnages d'une boutique de spiritueux. Nous nous étions fixé pour objectif de faucher au moins deux bouteilles par personne, mais les trous que nous laissions dans ses alignements attirèrent presque aussitôt l'attention du propriétaire de la boutique, et nous dûmes fuir en abandonnant notre butin. Seul James avait atteint son quota, et il parvint même à préserver dans sa fuite l'intégrité des deux bouteilles. Lorsque enfin nous fîmes halte, à distance raisonnable du centre, le Canadien sortit de sous son anorak la première — une bouteille de Campari, autant dire rien de buvable — puis la seconde, et il s'agissait cette fois d'un whisky honorable. Mais alors que nous le congratulions pour son exploit, James, ému à l'excès tant par les périls que nous venions d'affronter que par les louanges que nous étions en train de lui adresser, laissa choir la bouteille de Jameson, qui se brisa sur le trottoir, et il ne nous resta pour la soirée que la bouteille, imbuvable, de Campari.

Noël à Belfast est une chose terrible. Dans les rues voisines du port, où nous venions de débarquer du ferry en provenance de Stranraer, juste avant le lever du jour, les corniches, et toutes les saillies des immeubles, étaient uniformément doublées d'un sinueux et piaillant ourlet de volatiles qui s'étaient abattus sur ce quartier pour la nuit, et dont le pullulement engendrait l'inquiétante illusion d'une architecture sinon tout à fait molle, du moins vivante, parcourue de frissons, peut-être en voie de décomposition. Même sans l'omniprésence de la police et de l'armée, la ville, sur laquelle flottait jour et nuit une odeur de charbon et d'huile de friture, eût exhalé une tristesse si poignante qu'on ne pouvait l'envisager que comme une sorte de châtiment divin. Rien qu'à consulter la liste des interdictions affichée à l'entrée des jardins publics

— tirer des missiles, s'attrouper, emmerder les canards, prêcher, être pris de boisson ou vêtu de manière indécente : autant de choses interdites — on en perdait toute envie de rire. Au fronton de l'hôtel de ville, un édifice presque aussi disproportionné que le palais de justice de Bruxelles, pendait une banderole ainsi libellée : « Glory to God in the Highest, and Peace on earth goodwill towards men ».

Le soir de Noël, nous n'avons trouvé dans tout le centre de Belfast qu'un restaurant ouvert, un Chinois chez lequel nous étions d'ailleurs seuls à dîner, Gabriel (il était à son tour sorti de la prison où mes erreurs tactiques l'avaient expédié), Jean-Noël et moi, et dont la cuisine avait si tragiquement succombé aux influences britanniques que tous les plats étaient submergés de petits pois géants, d'un vert acide, aussi appétissants que des yeux de lapin.

Mais nous n'étions pas revenus à Belfast pour y bien manger. À Ardoyne, nous avons retrouvé Flavio, qui était supposé avoir collecté en Italie des fonds « pour la reconstruction du quartier de Farringdon Gardens », comme, de notre côté, nous l'avions fait à Paris. Les sommes réunies étaient d'autant plus dérisoires que Flavio, trop occupé par son métier de photographe et ses activités au sein de Lotta Continua, s'était complètement désintéressé de la collecte. Il y avait tout au plus de quoi acheter assez de tuiles pour couvrir la moitié d'un toit. Au demeurant, sous l'influence de quelques amis irlandais « républicains », qui se faisaient un plaisir de jouer les intermédiaires entre l'IRA et nous, sans qu'il fût possible de déterminer à coup sûr s'ils étaient membres de l'organisation clandestine ou même effectivement en contact avec elle, une polémique se développa au sein de notre groupe sur le point de savoir si les fonds recueillis devaient être affectés à la reconstruction de Farringdon Gardens, comme convenu, ou détournés et remis à l'IRA. Plus précisément, Flavio considérait comme allant de soi que nous devions les remettre à l'IRA : que les donateurs aient été sollicités pour acheter des matériaux de construction, non des explosifs ou des armes, ne le préoccupait pas le moins du monde. Toutefois, la somme dont nous disposions serait passée totalement inaperçue dans le budget de l'armée clandestine, qui jouissait d'un crédit illimité auprès de la diaspora américaine, sans même parler des contributions d'organisations ou d'États inspirés par de tout autres motifs que les ingénus Irlandais d'outre-Atlantique. Ce fut donc notre point de vue qui l'emporta, et la somme fut remise à quelque sous-diacre qui dut la détourner au profit de ses propres œuvres ou de ses propres turpitudes.

De tous les symboles de l'Internement, le plus unanimement honni, dans la minorité catholique, était le camp de Long Kesh, où l'administration britannique regroupait la plupart des suspects incarcérés sans jugement. De ce camp émanait toute une bimbeloterie fabriquée par les prisonniers, notamment des mouchoirs ornés de harpes, de trèfles, de charrues étoilées et d'autres symboles empruntés à la tradition républicaine, que l'on retrouvait dans chaque maison des quartiers catholiques, et dont la vente alimentait les fonds de soutien aux « internés ». Une légende noire, nourrie de témoignages incontestables et d'autres plus douteux, s'était développée autour du camp, des privations et des humiliations que l'on y infligeait aux détenus, comme autour des centres d'interrogatoire de l'armée, Holywood Barracks en particulier, par lesquels ils étaient passés, parfois longuement, avant de se retrouver à Long

Kesh. Dans les tout premiers jours de l'année 1972 eut lieu une manifestation qui, partie des alentours de la gare de Belfast, se proposait d'atteindre le camp d'internement en empruntant, à pied, l'autoroute M1. Cette manifestation fut interdite, et la certitude qu'elle serait dispersée à un moment quelconque par les forces de sécurité, autant que l'ignorance de la tactique dont useraient ces dernières en rendaient l'atmosphère extrêmement lourde. Juste après que les marcheurs se furent ébranlés, ils se firent injurier, cracher dessus et quelque peu lapider en longeant un quartier protestant séparé de la voie par une clôture grillagée. Puis, au cri de « Libérez les internés ! » et d'autres slogans, la marche s'engagea sur l'autoroute en direction de Lisburn et, de se retrouver ainsi déployée sur toute la largeur de la M1, elle parut soudain bien moins dense, bien plus chétive que dans les artères du centre-ville : on ne devrait jamais manifester sur une autoroute. Et d'autant moins que ces dernières, en rase campagne, offrent peu d'échappatoires en cas de charge de la partie adverse. Au bout de deux ou trois kilomètres, on aperçut à quelque distance un mur de petits blindés aux tourelles mobiles, de casques et de boucliers, et, après quelques tergiversations et quelques surenchères, les organisateurs de la manifestation prirent le parti de lui faire faire demi-tour vers le centre de Belfast, où elle éclata en une multitude de petits groupes qui toute la soirée, sur un terrain beaucoup plus favorable, harcelèrent les forces de l'ordre.

Bien qu'elle n'ait guère pesé sur les destinées de l'Irlande du Nord, cette manifestation n'avait pas été perdue pour tout le monde. En chemin, Gabriel, Jean-Noël et moi, nous avions fait la connaissance d'Imelda et Nuala, deux jeunes filles débordantes d'enthousiasme républicain, et qui, en compagnie de leurs parents et d'une dizaine au moins de frères et sœurs dont l'âge s'échelonnait entre cinq et vingt-cinq ans, habitaient, dans le quartier catholique d'Andersonstown, une maison où nous nous installâmes dès le lendemain.

Le père était chauffeur de taxi et la mère s'occupait de la marmaille, c'est-à-dire de cette partie de sa progéniture, environ un tiers, qui en était encore au stade de la marmaille. Tous ensemble, les Malone, dont l'hospitalité était à la hauteur de la réputation que les Irlandais se sont acquise dans ce domaine, offraient aussi, de prime abord, une image on ne peut plus réjouissante de la famille. Chacun, indépendamment de son âge ou de son sexe, paraissait chérir équitablement tous les autres, les repas se déroulaient dans une atmosphère non seulement de gaieté mais souvent d'hilarité, suscitée notamment par notre prononciation défectueuse de l'anglais et par les quiproquos auxquels parfois elle donnait lieu; après dîner, avec les aînés nous nous rendions dans un pub, The Hole in the Wall, où nous nous saoulions avec modération, et au retour du pub, après avoir au passage adressé quelques insultes républicaines à d'invisibles soldats britanniques perchés en haut de miradors, il arrivait que nous fussions admis à demeurer quelque temps au salon avec Imelda et Nuala pour nous livrer en leur compagnie à des occupations tout aussi innocentes, et légères de conséquence, que celles auxquelles nous nous étions adonnés, l'été précédent, dans les bals d'Ardoyne. On sentait pourtant, mais sans pouvoir la définir, que pesait sur cette famille une malédiction, qui se traduisait aussi bien par les regards que les filles échangeaient de temps à autre, que par une certaine raideur, une certaine gaucherie, dans le comportement des fils aînés, ou par la crispation de douleur, proche des larmes, qui contractait parfois le visage habituellement souriant de la mère. Au salon, lorsque nous commentions l'actualité du jour, nous observions que les fils, au moins les trois plus âgés, quand nous leur collions sous le nez un journal relatant les derniers attentats ou les dernières émeutes, le faisaient discrètement glisser vers l'une ou l'autre des sœurs — il s'en trouvait toujours au moins une à proximité — pour qu'elle le lût à haute voix. Il était également très frappant que les déplacements des fils aînés, à l'intérieur de la maison ou lorsque nous nous rendions au pub, se fissent selon des trajectoires calculées au plus juste et rigoureusement invariables, comme s'ils se déplaçaient sur des rails. Et lorsque nous leur parlions, ils ne nous regardaient jamais en face, ce qui allait à l'encontre de l'impression de franchise et de cordialité qu'ils pouvaient donner par ailleurs. Toujours est-il qu'il nous fallut plusieurs jours, peut-être une semaine, pour comprendre qu'ils étaient aveugles, et que l'apparente cohésion de toute la famille était fondée sur l'épuisante dénégation de cette cécité. Il s'agissait d'une maladie génétique rarissime — résistant aussi bien aux traitements médicaux les plus sophistiqués qu'aux pèlerinages à Lourdes ou à la chapelle miraculeuse de la rue du Bac, à Paris —, qui ne frappait que les enfants mâles de la famille, et d'autant plus tôt qu'ils étaient nés plus tard : Gerald, l'aîné, n'était devenu totalement aveugle qu'après vingt ans, tandis que Colm, le plus jeune, à cinq ans l'était déjà aux trois quarts. Sachant ce qui l'attendait, chacun apprenait le braille avec fébrilité, à l'exception de l'un d'entre eux, Desmond, qui était le seul à refuser de jouer le jeu — être aveugle, ou le devenir, avec le sourire — et se retranchait dans un mutisme désespéré qui en faisait déjà le mouton noir de la famille et le fit plus tard rejeter par elle. À l'inverse, leur cécité n'avait pas empêché Gerald d'effectuer le pèlerinage de Katmandou et de franchir sous acide, à deux reprises, la passe de Khyber, ni son cadet, Brendan, de prendre part à l'attaque d'une banque pour le compte de Saor Eire, un groupe dont le radicalisme laissait pantois les autres clandestins. Gerald, un type d'une force peu commune et d'un humour presque inhumain — dus peut-être, au moins en partie, à ce qu'il avait presque tout vu du monde avant d'en être retranché —, professait d'autre part une telle passion pour Joyce qu'il s'était fait enregistrer, par un ami comédien, l'intégrale d'*Ulysse*.

Le 30 janvier 1972, alors qu'Imelda, tenant lieu à Gerald de chien d'aveugle, assistait avec lui à un meeting de l'Association des droits civiques dans le cadre du Free Derry Corner, à la limite du Bogside, un détachement de parachutistes britanniques ouvrit le feu sur ce rassemblement, tuant treize personnes et en blessant dix-sept. Pour expliquer ce massacre, on a, depuis, émis l'hypothèse que l'IRA s'était livrée à une provocation afin d'attirer sur la foule une riposte meurtrière, mais rien de tel n'a jamais été prouvé. Dans les jours qui suivirent, nous avons repris contact, Gabriel, Jean-Noël et moi, avec nos anciens camarades de la Gauche prolétarienne, puis nous nous sommes rendus auprès de la Liguc communiste, et, de concert avec ces deux groupes, nous avons organisé à Paris une manifestation qui rassembla plusieurs milliers de personnes dans le quartier du Père-Lachaise. Bien que le comité Irlande libre, que nous avions créé avec quelques amis, s'efforçât de ne pas prendre parti, au moins ouvertement, dans le conflit où s'entre-déchiraient les organisations, clandestines ou légales, de la minorité catholique, nos sympathies penchaient depuis longtemps du côté de la branche « provisoire » — la plus extrémiste — de l'IRA (l'autre branche, dite « officielle », prônait une politique d'inspiration marxiste, plus radicale socialement mais beaucoup plus nuancée sur la question de la lutte armée). Sans doute les « provos » étaient-ils d'un nationalisme farouche et ne se référaient-ils au socialisme que du bout des lèvres, mais ils étaient les seuls à frapper durement les Britanniques. D'ailleurs, à propos d'un autre soulèvement irlandais — celui de 1916, déclenché alors que ses instigateurs ne doutaient pas qu'il fût promis à un sanglant échec —, Lénine n'avait-il pas écrit que « celui qui attend une révolution sociale "pure" ne vivra jamais assez longtemps pour la voir » ? Comme nous ne tenions pas à être dans ce cas, nous avons chaussé sans trop réfléchir les bottes des « provos », et c'est d'eux, semble-t-il, que peu après la manifestation du Père-

Lachaise nous parvint par des voies tortueuses une commande d'attentat contre un objectif britannique à Paris. La seule chose qui nous manquait, pour commettre cet attentat, c'était des explosifs, c'est-à-dire l'essentiel. Cependant que Gabriel procédait à des repérages, rue du faubourg Saint-Honoré, à partir de la bibliothèque du British Council, je parvins à entrer en contact avec mon frère, en dépit de la clandestinité dans laquelle il vivait désormais, et je le rencontrai dans un café proche de la gare d'Orsay. En cette circonstance, mon frère, qui avait (lui aussi) les cheveux teints, et que divers autres artifices rendaient à peu près méconnaissable, fit preuve de mansuétude : non seulement il me promit de nous procurer la quantité de plastic dont nous avions besoin pour l'attentat, mais, bien qu'il fût très occupé, il prêta une oreille attentive aux longs discours que je lui tins, tant sur Wilhelm Reich en général que sur les raisons particulières qui m'avaient conduit à m'éloigner de l'organisation. Lorsque nous nous sommes séparés, je ne doutais pas de l'avoir convaincu. Mais, soit qu'il eût ce jour-là d'autres obligations, soit que ses camarades de la branche « militaire » aient jugé plus sévèrement que lui ma défection, ou moins favorablement notre projet d'attentat, il ne vint pas au rendez-vous suivant, et c'est ainsi, faute de matière première, qu'aucune bombe ne détruisit jamais la plus infime partie du British Council. (Deux semaines après cette entrevue, Pierre Overney était tué par balle lors d'une bagarre à l'entrée des usines Renault de Billancourt, l'organisation riposta en enlevant un cadre de la Régie, et pendant longtemps je n'entendis plus parler de mon frère que par les journaux.)

Catherine tenait par intermittence une librairie gauchiste, La Commune, proche du jardin des Plantes, dans laquelle traînaient interminablement des demi-soldes de la révolution qui ne savaient plus que faire de leurs journées. Gabriel s'éprit de Catherine, au moins dans la mesure où il était capable de s'éprendre de quiconque, et, par la suite, je lui emboîtai le pas. Comme Catherine, sans me repousser vraiment, s'obstinait à marquer une certaine préférence pour Gabriel, cela me fournit une nouvelle occasion d'écrire des lettres déchirantes, pleines de désespoir et d'ironie, dont la plus belle, au moins de mon point de vue, fut celle que je lui adressai après avoir visité à Hauterives le palais du facteur Cheval (incurables fils de nos pères, nous nous obstinions à nous croire dans l'entre-deux-guerres et le surréalisme jouissait désormais de toutes nos faveurs). En juillet, Gabriel partit pour l'Irlande, où il disparut sans plus donner de ses nouvelles. Catherine en conçut un regain d'intérêt pour ma personne, tant, du moins je l'imagine, parce que la disparition de Gabriel laissait un vide, que parce qu'elle ne doutait pas que je fusse susceptible de le retrouver et, le cas échéant, de la conduire jusqu'à lui. Et comme j'avais en effet l'intention de le rejoindre, avec ou sans Catherine, nous avons un beau jour pris ensemble l'avion jusqu'à Dublin, puis le train de Dublin à Belfast, où nous sommes arrivés un peu avant minuit. Dans cette dernière ville, j'eus toutes les peines du monde à convaincre Catherine — qui, médiocrement avertie des réalités irlandaises, était persuadée que je multipliais les obstacles afin de différer ses retrouvailles — qu'à la nuit tombée, tous les chauffeurs de taxi qui stationnaient devant la gare étant protestants, il eût été malsain de demander à l'un d'eux de nous conduire dans le ghetto catholique d'Andersonstown. De son côté, elle était disposée à s'y rendre à pied, et je dus à nouveau lui expliquer que Belfast n'était pas le genre de ville où l'on pouvait déambuler à une heure pareille chargé de paquets, cherchant à tâtons sa route dans les ténèbres. Après une nuit détestable dans un hôtel proche de la gare, nous sommes passés de bonne heure chez les Malone, qui nous ont indiqué que Gabriel se trouvait à Derry, à destination de laquelle Catherine insista pour que nous prissions aussitôt l'autocar. Le lendemain de notre départ de Paris, dans la soirée, nous étions installés à Derry dans un bed and breakfast de William Street, une rue qui marquait la limite entre les quartiers sous contrôle britannique et ceux sur lesquels l'IRA exerçait encore sa tutelle.

Depuis son soudain départ de Paris, Gabriel n'avait pas perdu son temps. Tout d'abord, s'étant procuré Dieu sait où un message ultra-confidentiel que l'ETA — l'organisation séparatiste basque — souhaitait faire parvenir à ses collègues de l'IRA — bien qu'il ne contînt que des banalités dans le genre « la guerre populaire sera nécessairement victorieuse », ou encore « l'indéfectible fraternité d'armes des peuples basque et irlandais » —, il avait trouvé le moyen, dans le train Paris-Londres, d'induire en tentation l'unique passagère de son compartiment, une jeune fille inévitablement de toute beauté, en lui refilant le télégramme euzkadien au moment de passer la douane britannique, et en l'invitant à le dissimuler au plus intime de sa personne et à se faire hacher plutôt que d'en révéler l'existence. Puis, muni du précieux télégramme — d'autant plus précieux que paré désormais d'insoupçonnables prestiges —, Gabriel, après un bref séjour à Belfast chez les Malone, avait débarqué à Derry, où en peu de jours il était devenu la coqueluche des responsables locaux de l'armée clandestine. Lorsque nous l'avons retrouvé, il était occupé à creuser un fossé antichar en travers d'une pelouse. Survenant au milieu d'une si saine et si nécessaire occupation, l'arrivée de Catherine ne parut pas l'emballer, et j'en retirai un secret sentiment de satisfaction.

Un soir, nous étions installés tous les trois dans notre chambre de la pension de William Street, sous les combles, lorsque, du toit de l'immeuble, un tireur de l'IRA se mit à lâcher de longues rafales sur une patrouille britannique qui remontait la rue. Alors que les militaires, selon toute vraisemblance, se disposaient à arroser au petit bonheur le secteur d'où provenait le tir, Catherine voulut aller regarder par la fenêtre, et nous dûmes la plaquer au sol afin de l'en dissuader. La répétition de ce genre d'incidents et l'obstination avec laquelle Catherine voulait se mêler de l'ouvrage sans pareil que Gabriel et moi projetions d'écrire sur les luttes de classes en Irlande firent que la situation se dégrada très vite entre elle et nous. Ainsi le succès tactique de Catherine, en se liant à moi pour que je la conduise auprès de Gabriel, se soldait-il par un échec stratégique. Peut-être était-ce même cet excès de sens tactique qui nous avait à la fin ligués contre elle. Catherine nous traita de machistes : sans doute l'étions-nous, et quoi qu'il en soit cette accusation était dans le ton de l'époque. De notre côté, nous lui fîmes subir les pires avanies, dans les limites qu'un reste de bonne éducation nous imposait. Afin que la morale soit sauve, et le sexisme châtié, je dois dire que, contrairement à ce que nous imaginions alors, Catherine se révéla par la suite une bien plus grande aventurière que la plupart d'entre nous. Son seul tort, à cette époque, fut de ne pas comprendre l'importance que Gabriel et moi attachions à cet ouvrage sur les luttes de classes en Irlande dont nous ne devions jamais écrire une seule ligne.

Chaque jour de ce mois d'août 1972, la télévision britannique, embarquée peut-être à son insu dans une campagne d'intoxication, montrait des images terrifiantes, assorties de commentaires à l'avenant, du matériel et des troupes que l'armée acheminait en Irlande du Nord afin de rétablir l'autorité de l'État sur le Free Derry. Des officiers qui avaient l'air d'en savoir long — si long qu'ils ne pouvaient se retenir de parler — affirmaient par exemple que l'armée britannique « se préparait à livrer la plus grande bataille terrestre à laquelle elle eût été confrontée depuis la guerre de Corée ». Dans le ciel de Derry, au-dessus du Bogside et de Creggan, évoluaient à basse altitude des avions de reconnaissance, et bientôt, en ville, firent leur apparition des chars Centurion, soit ce que les Britanniques avaient de plus lourd, sinon de plus récent. Trop heureuse d'être traitée avec autant d'égards, l'IRA donnait à fond dans cette mascarade, et affichait une détermination inflexible à défendre le Free Derry. Dans ce contexte, Gabriel, qui s'était lié d'amitié avec l'un des responsables de l'IRA provisoire dans le quartier de Creggan — un jeune instituteur qui se présentait comme guévariste —, semblait décidé à ne pas se contenter de creuser des fossés antichars, ou de préparer des émissions pour la radio « libre » du quartier. Avec sa fougue habituelle, il me fit remarquer que puisque nous soutenions l'IRA et que celle-ci s'apprêtait à livrer une bataille décisive sur un terrain que nous commencions à connaître, il n'y avait aucune raison pour que nous ne mettions pas la main à la pâte. Et, en effet, il n'y en avait aucune. Pour une fois, nous nous trouvions apparemment confrontés à une situation que, sans trop savoir, nous avions pendant des années appelée de nos vœux. Je lui objectai cependant — car la perspective d'une mort héroïque me paraissait tout d'un coup un peu moins grisante, à si court terme — que nous n'avions aucune expérience dans le maniement des armes à feu, objection qu'il écarta en me rétorquant qu'il n'était pas au-delà des forces humaines d'apprendre en vingt-quatre heures à se servir passablement d'un fusil ou d'une mitraillette, et que la plupart des volontaires qui en 1936 avaient combattu l'armée franquiste sur le front d'Aragon n'en savaient pas plus que nous. Je dus en convenir. Il ne nous restait donc plus qu'à attendre de savoir à quelle sauce l'IRA avait décidé que nous serions mangés.

Heureusement pour nous, l'armée républicaine n'était pas toujours aussi bête qu'elle en avait l'air. En l'occurrence, elle se rendait bien compte qu'elle ne faisait pas le poids face au dispositif déployé par l'armée britannique, et, sans que nous nous en doutions, elle en avait depuis quelque temps déjà tiré les conséquences. La veille du jour où l'armée devait envahir le Derry libre — à une date qu'elle avait obligeamment fait porter à la connaissance de l'IRA —, notre contact, le guévariste, nous fit savoir que c'était pour la nuit suivante, et nous enjoignit de quitter Creggan pour rejoindre notre pension de William Street. Gabriel se rebiffa — tandis que je me cantonnai dans une prudente réserve — mais le guévariste insista : il n'avait que faire de nous comme combattants, mais, en revanche, il avait le plus pressant besoin de nous comme témoins, afin que nous informions la planète des crimes que l'armée britannique ne manquerait pas de commettre dans le cours de cette opération. Personnellement, ce rôle me convenait parfaitement. Gabriel lui-même finit par se rendre à ses raisons, et c'est de notre chambre de William Street que nous entendîmes, avant l'aube, le vacarme des hélicoptères et des tanks partant à l'assaut du Derry libre. Comme nous n'avions aucune expérience de la guerre, je doute que nous ayons remarqué que peu de coups de feu étaient tirés, ce qui, pour des observateurs plus avertis, eût indiqué que l'invasion ne se heurtait pas à une résistance bien farouche.

Et cependant la première chose que l'on voyait, ce jour-là, en entrant dans le quartier où l'armée venait de rétablir l'autorité de l'État, c'était deux flaques de sang, recouvertes d'un voile de plastique transparent afin de les conserver le plus longtemps possible dans un état de relative fraîcheur, entourées de bouquets de fleurs et d'autres petits objets empruntés au rituel catholique ou à la tradition républicaine. Les deux flaques de sang marquaient l'emplacement où avaient été abattus par les Britanniques deux jeunes irréductibles de l'IRA, ce que localement on appelait des « Paul Newman », qui avaient refusé d'obtempérer aux ordres de leur direction. Car l'IRA, ayant reçu le message que les autorités lui adressaient depuis plusieurs semaines par l'intermédiaire (notamment) de la télévision, et peu désireuse d'être décimée ou anéantie dans un affrontement inégal, avait fait passer la consigne de n'opposer aucune résistance armée à la progression des troupes britanniques. Parmi beaucoup d'autres avantages, cette prudente décision présentait celui de nous épargner la honte de n'avoir pas pris part à la bataille, puisque aucune bataille n'avait eu lieu.

Après notre retour à Belfast, les Britanniques nous offrirent une chance inespérée de rachat, en nous arrêtant sous l'inculpation d'« appartenance à une organisation clandestine », parce que nous nous étions trouvés par hasard sur les lieux d'une embuscade dans laquelle un de leurs soldats avait été blessé. Bien que notre détention n'eût duré que deux jours, elle n'en fit pas moins les gros titres de l'*Irish News*, le quotidien « catholique » de Belfast, où nous étions présentés comme des journalistes ayant subi « le martyre aux mains des forces de sécurité ». Or nous n'étions pas plus journalistes que membres d'une organisation clandestine, même si, pour sympathiser plus commodément avec l'une de ces dernières, nous nous abritions derrière des cartes de presse de pure fantaisie, établies par une association de bienfaisance qui avait son siège en Bourgogne. Notre arrestation et sa relation épique dans l'*Irish News* valurent aux Malone une perquisition de l'armée britannique qui n'épargna même pas leurs pots de confiture. Par la suite, et bien qu'avec leur générosité habituelle ils aient insisté pour que nous restions chez eux, il nous parut d'autant plus raisonnable de quitter l'Irlande que désormais une Jeep de l'armée stationnait jour et nuit devant le domicile des Malone, pour nous suivre pas à pas dans chacun de nos déplacements.

Depuis l'époque de son mariage, d'ailleurs raté, Serge avait pris quelques dizaines de kilos, et il ne pouvait plus rentrer dans la veste croisée à rayures, assez chic, qu'il s'était fait confectionner pour cette circonstance. Sans doute est-ce une des raisons — mais non la seule — pour laquelle il me l'abandonna sans regret. Bien que Serge eût une tête de pope, une belle voix de basse et une vocation pour l'art lyrique, il exerçait, lorsque nous nous sommes rencontrés, le métier de chauffeur-livreur au BHV. Serge présentait encore plusieurs particularités remarquables, telles sa propension à ingérer des doses de LSD qui ne lui faisaient pas plus d'effet que des cachous — sans doute n'était-ce pas un imaginatif — ou son habitude de commander (et donc de boire) les demis deux par deux, et de fumer des joints à la chaîne lorsqu'il était au volant, le plus souvent sans que sa manière de conduire s'en ressentît. Un jour, cependant, en passant sous un pont, il négligea le panneau indiquant la hauteur limite et scalpa son camion sur plusieurs mètres, incident qui entraîna son licenciement du Bazar. Quant à sa veste croisée, je la lui avais tout d'abord empruntée afin de passer inaperçu, à la Défense, parmi les employés qui chaque jour, à midi, s'engouffraient en grand nombre dans les ascenseurs desservant les étages inférieurs de la tour IBM, les seuls à être occupés par des bureaux. Tout le haut de l'immeuble était encore en friche, et chacun des étages supérieurs offrait le même spectacle d'une grande carcasse de béton brut, nue comme la main, mais déjà irriguée par des « gaines techniques » émanant du puits central qui abritait également les batteries d'ascenseurs. De toute évidence, c'était dans ce puits central qu'il convenait de placer la bombe si nous souhaitions qu'elle cause des dégâts matériels assez importants pour que l'attentat éveille quelques échos dans la presse. Nous estimions en outre qu'en la plaçant dans des locaux déserts et aussi éloignés que possible des étages en activité, nous écartions tout risque de blesser quiconque. À l'heure du déjeuner, tous les ouvriers et techniciens qui travaillaient en hauteur se retiraient pour la pause, laissant le chantier sans surveillance, et j'en profitai pour effectuer des relevés graphiques extrêmement minutieux du puits central. Cette tâche quasi artistique, dont je m'acquittai avec beaucoup de plaisir — d'autant que ma position ménageait des vues intéressantes sur le nouveau quartier de la Défense en train de sortir de terre —, me valut les félicitations, à distance, d'un ancien plastiqueur du FLN qui supervisait nos travaux et dont je ne devais jamais connaître l'identité.

L'idée de mettre une bombe chez IBM venait de ce que cette entreprise passait pour fournir à l'US Air Force les ordinateurs sur lesquels étaient programmés les bombardements du Nord Viêt-nam, lesquels, après une interruption, venaient de reprendre avec une particulière intensité. Cette fois, nous avions nos propres explosifs : pas beaucoup — à peu près le volume d'un demi-pain d'épices de taille standard —, mais suffisamment pour tordre un peu de ferraille et péter quelques vitres. Et nous avions aussi un groupe, sans dénomination ni frontières bien établies, réunissant sur des bases amicales — ce qui limitait, sans les écarter totalement, les risques d'infiltration — une douzaine de personnes assez inexpérimentées pour la plupart, au point que l'une d'entre elles, lors d'une réunion, suggéra que nous achetions à un démarcheur non identifié tout un lot de fusils à pompe d'origine américaine — des « riot guns » — d'un modèle qu'à la même époque on pouvait se procurer légalement chez n'importe quel armurier. Mais en dépit de tant de circonstances favorables, l'attentat de la Défense foira tout aussi lamentablement que celui de l'ambassade britannique, la cause de cet échec étant que l'unique chauffeur dont nous disposions contracta une jaunisse la veille du jour où la bombe devait être posée. Sans doute n'étions-nous pas doués pour les attentats à la bombe, ou Dieu ne voulait-il pas que nous en commettions.

Du moins cette tentative me laissait-elle en possession d'une veste croisée, à laquelle je trouvai un nouvel usage après avoir lu dans *Le Monde* une annonce émanant du géant américain de l'aluminium, Alcoa, qui recherchait un homme sans qualification, mais résolu au pire, pour s'acquitter dans un pays tropical d'une tâche imprécise. J'écrivis, et je fus convoqué aussitôt pour un entretien au Claridge. Donald Eagleheart, le représentant itinérant d'Alcoa, m'y reçut dans une suite qui était de très loin la chose la plus luxueuse qu'il m'eût été donné de voir jusqu'alors. Eagleheart lui-même s'inscrivait à la perfection dans ce décor. Vieux — son visage était constellé de ces petits taches, comme d'une moisissure distinguée, qui semblent n'affecter que les vieillards américains des classes dominantes —, il présentait une ressemblance étonnante avec Eisenhower. Si mon expérience récente de plastiqueur ne m'avait convaincu de mon incapacité à organiser un enlèvement — une tâche autrement délicate —, je me serais fait un plaisir de soustraire quelque temps Eagleheart à l'affection des siens. Au demeurant, notre conversation fut empreinte de la plus grande courtoisie, et je ne doute pas d'avoir produit sur lui une excellente impression. La firme que représentait Eagleheart exploitait en Guinée une mine de bauxite à ciel ouvert dont le personnel qualifié provenait d'une demi-douzaine au moins de pays, la plupart anglophones ou francophones. Certains de ces expatriés s'étaient déplacés en famille, et il convenait, pour le bon renom d'Alcoa, de prodiguer à leurs enfants au moins les apparences d'une éducation bilingue ne dépassant pas le niveau de l'école primaire. Eagleheart ne me dissimula pas qu'il s'agissait surtout de les occuper, dans la mesure où le territoire de la mine était entièrement dépourvu de distractions à l'usage des enfants. Il ne me dissimula pas non plus que ma tâche ne serait pas de tout repos, la plupart de ces enfants provenant de familles où les querelles se réglaient à coups de poing plutôt que de citations latines. À ce propos, Eagleheart insista sur le fait que les célibataires menaient sur le territoire de la mine une existence séparée de celle des couples, pour la sécurité des uns et des autres. Avec de petits gloussements de rire, il me décrivit le bâtiment des célibataires comme ressemblant assez « à le hôpital psychiatriste ». Eagleheart semblait retirer un vif plaisir de la description qu'il faisait de sa mine — où sans doute il n'avait jamais mis les pieds — comme d'un véritable enfer sur terre. Toute la concession, me confia-t-il, avait été déboisée, et les seuls animaux ayant survécu à ce traitement, outre plusieurs variétés de blattes, de scorpions ou d'araignées, étaient de petits serpents très venimeux, mortels même, à vrai dire. De nouveau Eagleheart gloussota. Mais plus il s'appesantissait dans l'horreur, plus mon enthousiasme s'exaltait : car il m'apparaissait que tant qu'à en baver, autant que ce fût de manière grandiose, insurpassable, telle que Bardamu lui-même eût reculé devant l'épreuve. Encouragé par une si rare abnégation, Eagleheart ne se contenait plus, raffinant à tel point dans la cruauté, la hideur, avec un tel luxe de détails, qu'on sentait qu'il faisait désormais œuvre de poète, en sorte de William Beckford donnant libre cours à son imagination la plus noire. La Guinée, jubilait-il, était affectée d'un régime dictatorial — ce point au moins était incontestable — aussi sanglant que bouffon, haïssant au suprême degré les Américains, et se vengeant des avantages commerciaux qu'il devait leur consentir sur le personnel de la mine. Les abords de celle-ci étaient gardés par des miliciens prépubères, armés jusqu'aux dents, qui tiraient à vue sur les expatriés s'écartant si peu que ce fût du périmètre à l'intérieur duquel ils étaient confinés. La moindre bévue pouvait vous attirer une accusation d'espionnage, dont les Américains se soucieraient comme d'une guigne si elle frappait un ressortissant d'un autre pays que le leur. Excepté pour entrer dans le pays, ou pour en sortir, il était interdit de se rendre à Conakry, ou en tout autre point du territoire guinéen. Si je devais recevoir des soins médicaux ne relevant pas de l'infirmerie — et Eagleheart insistait de nouveau sur le caractère plus ou moins inévitable, à son avis, des soins « psychiatristes » —, il faudrait m'évacuer vers les États-Unis par un avion spécial. Enfin mon salaire, confortable, me serait versé sur un compte en Suisse. Après ce dernier détail, nous nous quittâmes si enchantés l'un de l'autre que Donald, en me serrant la main, me promit qu'il pèserait de tout son poids pour que ma candidature fût retenue. Peut-être n'y en avait-il d'ailleurs pas d'autre. Il me donna sa carte — frappée des armoiries, en relief, du géant américain de l'aluminium —, m'invita à prendre sans plus attendre les premières dispositions, vaccins ou visas, nécessaires à mon départ, et je n'entendis plus jamais parler de lui. Au bout d'un mois ou deux, j'écrivis à Pittsburgh, au siège de la firme, sans recevoir de réponse. Car si ennemis que fussent à cette époque les services américains et français, ce n'était sans doute pas au point de se refuser quelques informations, au moins lorsqu'il s'agissait d'un sujet aussi brûlant que l'expédition en Guinée d'un pédagogue sans diplômes, voué à périr un jour ou l'autre d'une morsure de serpent ou sous les balles d'un milicien.

De Lisbonne, dans les jours qui suivirent le coup d'État du 25 avril 1974, je garde le souvenir d'une foule euphorique occupée à se congratuler, à lire avec boulimie de cacophoniques journaux, et à couvrir de fleurs des blindés ou des militaires en treillis. Certes, cette atmosphère me plaisait, mais elle m'était gâtée par le sentiment d'être là en touriste, n'ayant pris aucune part aux événements, ne connaissant personne et ne parlant même pas le portugais.

En France, l'année précédente avait été marquée par des manifestations dont plusieurs pouvaient être envisagées comme des enterrements : en septembre, avec la marche sur Lip, à Besançon, on avait en grande pompe, sous des trombes d'eau, enterré l'illusion d'une révolution prolétarienne imminente. À cette occasion, en dépit du soin que j'avais pris de voler dans un supermarché une bouteille de Cointreau pour me protéger des intempéries, j'attrapai un rhume, et je fis dans l'autocar du retour la connaissance d'une femme qui me déplut dès que je la vis au grand jour. En octobre, à Paris, on avait enterré l'Unité populaire chilienne lors d'une manifestation assez violemment réprimée par la police.

Ainsi est-ce à Lisbonne, en crachant des noyaux de cerises et en regardant des vedettes chargées de lecteurs de journaux aller et venir sur le Tage, que je formai le projet de me rendre aussitôt que possible en Afrique, dans l'une ou l'autre des colonies portugaises qui allaient accéder à l'indépendance. Sur place, je comptais me mettre à la disposition des autorités afin de prendre part à l'édification du socialisme, car il n'était guère douteux qu'au moins deux de ces colonies, sur les trois, allaient s'engager dans cette voie. Et puisqu'il semblait avéré que jamais je ne participerais activement à une véritable révolution, peut-être le moment était-il venu de m'adonner aux joies plus modestes de la construction. Mon choix se porta sur la Guinée-Bissau, la plus proche et donc apparemment la plus facile d'accès. En chemin vers Dakar, je m'arrêtai à Alger pour y rencontrer une sorte d'homme de l'ombre qui avait joué, et jouait encore, un rôle de premier plan dans les affaires du Mozambique, mais qui ne parut pas prendre au sérieux mes offres de service. À Dakar, je me présentai à la légation du PAIGC — le Parti africain pour l'indépendance de la Guinée et du Cap-Vert — muni d'une lettre de recommandation émanant d'un économiste prochinois. Il s'avéra tout de suite que c'était un mauvais calcul : car si la direction du PAIGC avait été d'abord partagée entre les deux tendances, prosoviétique et prochinoise, du « mouvement communiste international », le représentant le plus notoire de la seconde avait été assassiné entre-temps, et, désormais, tous les dirigeants du parti ayant survécu à la guerre ou aux purges étaient de la première obédience.

C'était en particulier le cas de Flavio Proença, le chef de la légation dakaroise, lequel, après m'avoir reçu assez fraîchement, et avoir jeté sur ma lettre de recommandation un regard dédaigneux, m'enjoignit de prendre patience, en attendant que fût réparé un câble télégraphique récemment « endommagé par la tempête », et dont seul le rétablissement, dans un avenir indéfini, permettrait d'adresser au Quartier général ma demande d'une autorisation d'entrée et de séjour en Guinée-Bissau. J'attendis un mois, pendant lequel je lus chaque jour au moins un livre de poche acheté à la librairie « Clairafrique », ce qui éleva sensiblement le niveau de ma culture générale. C'est également pendant ce mois d'attente que je fis la connaissance de Dia et de Cissé. Le premier était journaliste au *Soleil*, le quotidien pro-gouvernemental, et le second éditait un petit hebdomadaire d'opposition. Le premier était un ivrogne à l'œil injecté de sang, encore svelte mais plus pour longtemps, d'autre part totalement exempt de convictions ou de scrupules. Le second buvait sec mais avec élégance, sans la gloutonnerie du premier; c'était un pur social-démocrate, chose extrêmement rare en Afrique, et il habitait près de l'aéroport une maison où j'avais d'autant plus de plaisir à me rendre que l'on s'y asseyait, dans le minuscule patio, sur d'authentiques vertèbres de baleine. En fait, c'est grâce à l'amitié de Cissé que cet intermède dakarois ne m'a pas laissé le souvenir d'une interminable garde à vue. Régulièrement, je remettais au portier de la légation — car on ne me permettait pas d'aller plus loin — des lettres adressées au

« camarade Flavio », dans lesquelles je lui demandais des nouvelles de ce fameux câble télégraphique, et que je concluais par des « salutations marxistes-léninistes », hypocritement, car cela faisait déjà quelque temps que je n'étais plus un adepte de cette doctrine, si même je l'avais jamais été.

Au terme de ce mois d'attente que le camarade Flavio ne m'avait infligé que par vice, le Quartier Général lui ayant certainement notifié depuis longtemps son refus de m'accorder l'autorisation que je sollicitais, j'appris que Dia, le journaliste à l'œil injecté de sang, était sur le point de se rendre à Ziguinchor, la ville la plus proche de la frontière, pour tenter de passer en Guinée-Bissau. Dia ayant invoqué un prétexte quelconque pour ne pas me prendre dans sa voiture, je le suivis en taxi-brousse, ou plutôt je le précédai, car j'arrivai à Ziguinchor plusieurs heures avant lui (sans doute, en chemin, s'était-il arrêté ici et là pour lever le coude). Je pris dans un hôtel médiocre une chambre qui donnait sur la rivière, au-dessus de laquelle on voyait évoluer des pélicans, des ibis et d'autres oiseaux également dignes d'intérêt. À la nuit tombée, dans cette chambre dont le mobilier se composait d'un lit et d'une table, je vis s'extraire d'une fissure un cafard d'une taille si prodigieuse qu'il ne pouvait être question de dormir en sa présence. Jamais je n'en avais vu, ni même imaginé, de semblable. Il appartenait en outre à l'espèce qui vole sans parvenir à se diriger, et qui presque toujours finit par vous tomber sur la tête. Comme je ne disposais pour l'éradiquer que de mes chaussures, et qu'elles n'étaient pas assez longues pour ménager entre le cafard et ma main une distance compatible avec le dégoût horrifié que cet animal m'inspirait, je dus dépiauter non sans mal la table afin de me servir d'un des pieds pour l'écraser. Mort, ses tripes répandues autour de lui comme celles d'un cheval de picador, le cafard n'était d'ailleurs guère plus agréable à regarder, mais du moins ne risquait-il plus de venir me courir sur le corps dans l'obscurité. En revanche il pouvait en arriver d'autres, si bien que malgré ce succès initial je passai le reste de la nuit aux aguets dans ma chambre désormais privée de table. Le lendemain il me semble qu'il plut toute la journée, et encore le surlendemain.

La légation du PAIGC à Ziguinchor était logée dans une villa où défilaient nuit et jour quantité de combattants, de pseudo-combattants, d'exilés candidats au retour, de solliciteurs, de journalistes et d'autres clampins. Par suite de cette affluence, ou des pluies incessantes, ou pour d'autres raisons, les toilettes en étaient bouchées, et les fanges qu'elles régurgitaient débordaient jusque dans l'entrée. Le jour où le représentant du parti accorda une audience à une délégation de journalistes sénégalais conduite par Dia, ce dernier attendit d'avoir fait entrer tout son monde pour me claquer, littéralement, la porte au nez. Les préventions que nourrissait contre moi le PAIGC s'accrurent de me voir ainsi traité. Aussitôt je tirai vengeance de Dia en introduisant dans le réservoir de sa voiture une bonne quantité de terre et d'autres menus déchets, mais cela ne faisait guère avancer mes affaires. De Ziguinchor, je pris un taxi-brousse pour Kolda, à l'autre bout de la Casamance, présumant que la représentation du PAIGC m'y accorderait peut-être un sauf-conduit sans examen, mais j'y trouvai le bureau fermé. Enfin je m'apprêtais à jeter l'éponge lorsque, de retour à Ziguinchor, au restaurant de l'hôtel Aubert — ce qui à l'époque se faisait de mieux en ville — je tombai sur Cissé dînant en compagnie d'un journaliste noir du *New York Times*. Tous deux étaient venus de Dakar dans une Mercedes de location absolument impropre à rouler sur des pistes défoncées, et plus encore en dehors de celles-ci, mais l'Américain ne voulut rien entendre et, dès le lendemain, nous tentâmes de franchir la frontière, au petit bonheur, à bord de cette Mercedes. Comme prévu, elle rendit l'âme quelque part dans le no man's land, nous dûmes retourner à Ziguinchor mi à pied, mi en stop, mais ces vicissitudes avaient mis le journaliste du *New York Times* dans une telle fureur qu'à peine arrivé en ville, en pleine nuit, il se rendit à la légation, exigea de rencontrer séance tenante le porte-parole, et, comme il représentait un journal auquel le PAIGC devait beaucoup, il obtint presque sur-le-champ un camion tout terrain, un équipage, et l'assurance qu'il ne serait soumis à aucune procédure bureaucratique. Et c'est ainsi que quelques heures plus tard je pénétrai enfin en Guinée-Bissau, simple bagage d'un journaliste américain, à bord d'un camion soviétique dont le chauffeur stoppait de temps à autre pour tirer au colt 45 sur d'inaccessibles phacochères.

Au crépuscule, nous sommes arrivés en vue d'une sorte de hameau stratégique entouré d'un large glacis de terre nue et rouge. L'armée portugaise ne s'en était retirée que la veille, abandonnant aux maquisards non seulement la place mais une partie de ses stocks de vivres : cette prodigalité nous valut de manger pendant deux jours des sardines en boîte, arrosées d'un mauvais porto que le chef des maquisards, bien qu'il eût fait ses classes à Moscou, s'obstinait à désigner comme du whisky. Il régnait dans ce village une atmosphère de liesse qui ne paraissait pas relever de la mise en scène, ne serait-ce que dans la mesure où nos hôtes, déjà surchargés de tâches diverses, n'avaient disposé tout au plus que de quelques heures pour se préparer à notre visite, si même ils en avaient été avertis. Des auxiliaires locaux de l'armée portugaise s'y baladaient en uniforme, bras dessus, bras dessous, avec leurs adversaires de la veille. Il est vrai qu'à de rares exceptions près, un changement de régime, au moins au début, est toujours le bienvenu. Dans la soirée, toute la population se réunit sur la place du village pour célébrer la libération. On installa quelques chaises pour les dignitaires les plus considérables et je fus invité à m'asseoir à leurs côtés. Tout le monde, ou presque, vint me palper affectueusement et me prodiguer de bonnes paroles. Le chef des maquisards me fit don d'une grenade neutralisée, d'une paire de cornes d'antilope et de quelques cartouches de kalachnikov. Au pied levé, le griot improvisa même un petit quelque chose à mon sujet dans son épopée à la gloire des libérateurs. Sur le moment, j'en retirai le sentiment d'être enfin associé à l'écriture d'une page d'histoire, mais ce sentiment ne dura pas. Pas plus que ma volonté de me mettre au service du nouveau régime, dont il n'était que trop clair, considérant que je ne savais rien faire, qu'il ne pouvait avoir besoin de moi.

Quand on a fait pendant longtemps l'objet d'une attention spéciale de la police et d'une malveillance particulière de la « presse bourgeoise », il devient difficile de s'en passer. De même qu'une fois l'habitude prise, il est difficile de se passer sinon d'une organisation, du moins d'un groupe, si flous que soient ses contours, et si ambigus ses desseins.

De nouveau nous conduisions la nuit des automobiles auxquelles il manquait toujours quelque chose pour être en règle. De nouveau nous transportions des substances illicites que nous devions désigner par des noms de code et, même si nous ne travaillions plus à la destruction de la société, nous pouvions persister dans l'illusion réconfortante qu'elle-même n'avait pas renoncé à nous détruire, puisque de nouveau il nous fallait craindre les barrages, éviter les contrôles, et mentir avec aplomb lorsque nous étions obligés de nous y soumettre. De nouveau nous étions unis par des liens de circonstance, à la fois artificiels et forts comme tous ceux qu'engendre l'illégalité. Et par surcroît, ce qui cimentait le groupe et le vouait à l'opprobre de la société procurait du plaisir, un plaisir qui remplissait le corps et l'esprit au point de ne laisser de place pour rien d'autre, un plaisir qui dispensait de tout commerce, y compris de l'usage de la parole : jusque-là, rien n'avait eu la force de me faire taire ainsi, même du dedans.

Les deux amis, X. et Y., qui m'avaient introduit dans ce groupe, s'étaient auparavant adonnés, pendant plusieurs années, aux formes les plus sacerdotales du militantisme. Désormais, sans que jamais les effleurât le sentiment d'une discontinuité, d'une rupture, entre leurs nouvelles occupations et celles d'autrefois, toute leur vie gravitait autour du produit et des diverses combines leur permettant d'en disposer toujours en quantités suffisantes. Certains membres du groupe, parce que le niveau de leur consommation l'exigeait, devaient se livrer à la prostitution, au cambriolage ou à l'extorsion de fonds, mais la plupart se contentaient de revendre la moitié de ce qu'ils avaient acheté pour le prix de la totalité.

C'est chez X. et Y. que je fis la connaissance de Sally, un soir où, convaincu d'être amoureux d'une actrice, et me disposant à déposer une lettre dans sa loge au théâtre d'Orsay, je m'étais en chemin arrêté chez eux afin de puiser dans le produit le courage qui me manquait pour accomplir cette démarche. Lorsque Y. ouvrit, il régnait dans leur appartement l'habituelle atmosphère d'insouciante débâcle : tel déambulait avec un pot de yaourt rempli d'eau teintée de sang, tel autre vomissait, à la bonne franquette, dans la cuvette des chiottes, qui par suite d'une petite ironie de la plomberie se trouvait érigée presque au milieu de la pièce principale. À ces quelques signes on pouvait reconnaître que l'on était dans une période faste, que le produit ne manquait pas.

Sally était assise dans un fauteuil, probablement défoncée, encore que son mutisme et son air absent, comme je devais le découvrir par la suite, fissent partie de ses dispositions habituelles. Instantanément, la beauté de Sally — qu'évidemment je ne m'efforcerai pas de décrire, ni même de suggérer — m'accapara au point de ne plus songer ni au produit ni à la raison pour laquelle il m'avait en venant paru si urgent de m'en procurer. Dans cette société, les civilités étaient réduites au minimum, et la conversation se bornait le plus souvent à quelques borborygmes, en plus des inévitables considérations techniques sur l'origine, la qualité, la quantité ou le prix du produit. Au demeurant les relations n'y étaient pas notablement moins complexes, moins sophistiquées que dans une société réunie par des goûts communs plus avouables. Ainsi, ce soir-là, alors que Sally venait d'être introduite dans le groupe, après que l'un d'entre nous l'eut rencontrée errant près de la fontaine Saint-Michel, Y. avait-elle décidé que la nouvelle venue lui appartenait, et l'enveloppait-elle de toute l'ombrageuse sollicitude d'une mère maquerelle fascinée par sa nouvelle pensionnaire, et déjà torturée à l'idée qu'un client amoureux pourrait la lui ravir. Or, il n'avait pas échappé à Y. que j'étais ce client, et bien décidé, en effet, à ravir Sally, quand bien même il m'aurait fallu pour cela mettre le feu à l'appartement et saigner jusqu'au dernier de ses occupants. Y. essaya donc de la soustraire à mes regards en l'entraînant dans la chambre, espace un peu plus intime que le salon, et auquel n'avaient accès que les habitués, mais je les y suivis et m'étendis sur le lit de telle sorte que Y. était pratiquement obligée de passer par moi pour s'adresser à Sally. Cette dernière semblait enchantée de l'intérêt qu'elle suscitait, des conflits qui déjà se nouaient autour d'elle.

Tard dans la nuit, quand se furent estompées la plupart des silhouettes qui peuplaient l'appartement, Sally décida de partir, et moi de la suivre. Dans la rue, elle ne fit aucune difficulté lorsque je lui pris la main : il est vrai qu'en ce début de fin de siècle, il ne s'agissait tout de même pas d'un geste très audacieux. Sally habitait près du Val-de-Grâce un appartement provisoirement vacant que lui avait prêté un des membres du groupe. Pas plus que pour la main, elle ne fit de difficultés pour que je l'y accompagne, si bien qu'en m'introduisant derrière elle dans cet appartement, je crus que je touchais à la perfection du bonheur. Mais après avoir allumé quelques lampes, préparé du thé et reniflé avec moi nos restes de produit, Sally me désigna un canapé et disparut, quant à elle, dans la chambre. Le lendemain, je fus réveillé de bonne heure par le départ, furtif, du type qui avait eu le privilège de partager cette chambre avec elle. Je le reconnus au passage comme l'un des rares êtres réellement malfaisants et dangereux qui évoluait à la périphérie de notre groupe : M., rejeton d'une riche famille du Sentier, et disposant en toutes circonstances de beaucoup plus d'argent qu'il ne parvenait à en dépenser, s'était notamment fait connaître en attaquant des putes dans le bois de Boulogne. Lorsque Sally se réveilla, il s'avéra que M. avait disparu avec l'unique objet de valeur — un bijou quelconque — qu'elle possédât, son argent liquide et son carnet de chèques. L'affaire était d'autant plus ennuyeuse que Sally était mariée et que le montant des chèques, si M. parvenait à en écouler, serait débité du compte de son mari, un agriculteur gardois à peu près ruiné, et qu'elle torturait avec toute l'innocence de son irrésistible cruauté. Sally avait de l'agriculteur une fille qui vivait à la ferme, dans le Gard, et qui était sans doute la seule raison pour laquelle elle-même y retournait parfois, outre la nécessité, afin de conserver au supplice qu'elle infligeait à son mari toute son acuité, de lui rafraîchir de temps à autre la mémoire. Peut-être, plus banalement, repassait-elle aussi par la ferme pour s'y procurer de l'argent, bien que son mari n'en eût pas.

Toute la journée, nous avons pas à pas remonté la filière conduisant à la société que dirigeait le père de M. et au bureau qu'il occupait dans le quartier des Halles. Le soir même, Sally obtint un rendez-vous avec lui, et elle sut manifestement trouver pour lui parler les mots qui convenaient, puisqu'elle ressortit une demi-heure plus tard munie d'une somme supérieure à celle que M. lui avait dérobée, et de la promesse que le montant des chèques écoulés lui serait intégralement remboursé. Sally repartit dans le Gard peu après. Mais elle ne disparut pas sans m'avoir invité à l'y rejoindre.

Afin d'acheter du produit, je dus me résoudre à exercer une activité régulière. On voit par là que l'addiction, obliquement, peut devenir un facteur d'intégration. Je trouvai du travail, et bien payé, chez un éditeur catholique qui publiait par livraisons mensuelles — de telle sorte que les abonnés pussent à la fin de l'année réunir les douze fascicules sous une reliure dorée à l'or fin — une encyclopédie traitant de la vie du Christ et de tout ce qui pouvait aller avec. Personnellement, je m'occupai de la vie quotidienne en Palestine à l'époque concernée, et de l'histoire de l'Église depuis ses origines jusqu'à nos jours.

Ce me fut une occasion de peaufiner, par écrit, ce style cul-béni pour lequel je me sentais déjà une prédilection, et aussi d'acquérir toutes sortes de connaissances surannées, hors du commun, à peu près inutilisables en dehors d'une carrière ecclésiastique, relatives aux conciles de Trente, de Nicée ou de Chalcédoine, à l'arianisme ou au nestorianisme, aux hérésies en tout genre, au jansénisme, à la foi qui sauve et non les œuvres, à la réalité des souffrances de la Passion, à la façon de préparer comme il faut des cabanes pour la fête de Sukhot ou à la faune des déserts de Judée reconstituée d'après les prescriptions gastronomiques du Deutéronome. Je m'enfilais par volumes entiers des auteurs, tels Daniel-Rops, Guignebert ou le cardinal Daniélou, dont je n'aurais jamais dû lire une seule ligne. Tout cela, il faut en convenir, était d'une lecture au moins aussi divertissante que Plekhanov, Boukharine ou Preobrajenski. Et l'argent du *Christ en son temps* me permettait d'avoir toujours du produit, j'allais dire de la manne, en abondance, et sans plus me livrer à quelque activité susceptible de m'attirer des ennuis avec la justice.

Quand j'eus mis de côté assez d'argent pour entreprendre ce voyage, et pour mener localement un train de vie compatible avec les exigences d'une entreprise de séduction que je pressentais difficile, je partis pour Uzès. Je fis la dernière partie du trajet en autocar, avec quelques vieillards, mon ignorance de la conduite faisant de moi l'un des rares hommes dans la force de l'âge à utiliser ce moyen de transport. Uzès me plut, tant par elle-même, et par la soudaineté avec laquelle alors cette ville surgissait de la garrigue, que par le souvenir du séjour qu'y fit Racine et qu'il évoque dans des lettres. J'eus tout loisir de m'y incorporer un de ses vers — « Et nous avons des nuits plus belles que vos jours » — reproduit sur une plaque commémorative disposée dans le jardin du Mail, alors que parmi les platanes de cette promenade, d'où la vue plonge sur la garrigue sans aucun obstacle de banlieue, j'attendais Sally, pendant des heures, à des rendez-vous auxquels je savais qu'elle ne viendrait pas.

Car Sally était de ces femmes qui ne viennent que lorsqu'elles ne sont pas attendues. Elle habitait alors non la ferme, mais une sorte de chaumière rupestre, dans la garrigue, qu'elle partageait avec un petit délinquant adonné au pillage de villas hors saison et à d'autres exploits du même acabit. Bien entendu, dans cet habitat rupestre, elle ne disposait pas du téléphone, et le seul moyen de communiquer avec elle était de laisser des messages au café de la Bourse, où il lui arrivait de passer lorsqu'elle venait en ville. Un jour où, tout de même, nous étions ensemble, assis justement à la terrasse du café de la Bourse, Sally manifesta le désir de posséder un blouson en cuir qu'elle venait de repérer dans la vitrine d'un magasin du boulevard. Or mes ressources, depuis mon arrivée à Uzès, s'étaient à ce point étiolées que j'avais dû quitter l'hôtel pour m'établir dans les ruines d'une maison ancienne en cours de restauration. Sentant combien Sally désirait ce blouson — ou, plutôt, ayant compris que sa réflexion à ce sujet était une injonction de le lui offrir —, je me levai, entrai dans la boutique, arrachai le vêtement de son cintre et me mis à courir sur le boulevard. Je vis Sally, qui, courant elle aussi, me précédait de loin, entrer précipitamment dans une cour. Quand je l'y rejoignis, elle était en train de pisser, sans aucune gêne, d'ailleurs secouée de rire — sans doute parce que ce n'était pas mon genre de voler quelque chose à l'arraché — et momentanément débordante de gratitude, moins pour le blouson que pour le geste qu'en le volant je lui avais dédié.

Pour lui plaire, je me livrai encore à d'autres actes de délinquance sans envergure. Une nuit, nous avons même décidé de casser ensemble une pharmacie, puis nous y avons renoncé, moins parce que ce projet nous paraissait téméraire que parce que nous avions trouvé entre-temps d'autres occupations plus distrayantes, ou peut-être parce que nous nous étions procuré ailleurs ce qui nous intéressait dans la pharmacie. Régulièrement, Sally disparaissait pendant plusieurs jours sans donner de nouvelles, puis resurgissait soudainement, au moment précis où, excédé, j'étais sur le point de m'en aller, ne doutant pas que, si je persistais à la voir, elle finirait par me mener d'une manière ou d'une autre en enfer. Une fois je parvins à fuir jusqu'à Nîmes, mais elle m'y retrouva et je revins à Uzès. Ce qui me fascinait, entre autres, chez Sally, c'était qu'elle fût presque totalement illettrée — elle avait même des difficultés à signer de son nom, un nom tellement invraisemblable, tellement fatidique, que peut-être l'impossibilité de l'écrire, voire de le prononcer, était à l'origine de son illettrisme — et cependant bien plus intelligente, bien plus littéraire, aussi, que la plupart.

Dans sa volonté de voir jusqu'où le jeu pouvait être poussé, elle finit par me présenter au pilleur de villas. Ce gueux l'entretenait dans l'illusion que, sitôt fortune faite, il l'emmènerait faire le tour du monde, encore qu'il fût évident qu'il ne ferait jamais fortune, et qu'il disparaîtrait sans plus se soucier d'elle, s'il parvenait à demeurer en liberté jusque-là, dès qu'il en aurait fini avec les villas de la région.

Un soir nous étions installés tous les trois, bien lestés d'alcool et de toxiques divers, devant l'entrée de l'habitat rupestre. Le gueux s'éloigna pour procéder à l'inspection de quelque chose qui clochait avec sa voiture. Sally me fit entrer dans la maison, m'y prodigua des marques d'affection, attira mon attention sur une carabine Winchester posée sur le manteau de la cheminée. Elle m'invita à vérifier qu'elle était en ordre de marche. Incapable, comme on l'a vu, de résister à ses injonctions, et conscient toutefois de ce qu'impliquait presque nécessairement cet enchaînement de gestes, j'actionnai la poignée qui caractérise ce type d'armes et fis monter une balle dans le canon. Jamais Sally ne m'avait couvé d'un regard aussi tendre. Pendant que je m'employais à ces préparatifs, le transistor qui grésillait dans un coin de la pièce annonça la chute de Saigon, et cela me fit autant d'effet que s'il s'était agi du résultat d'un match de football.

II

Ite missa est! Le frère Marc remballa sans se presser, comme il avait coutume de le faire en voyage au moins deux fois par jour, l'autel escamotable, la boîte avec les reliques de sainte Ursule, le ciboire et le calice, les hosties consacrées, les burettes, l'étole, enfin tous les ustensiles composant son nécessaire à messe, lequel, une fois replié, tenait dans une sorte d'attaché-case d'apparence anodine, de couleur anthracite, et d'un encombrement bien moindre, à titre de comparaison, que les valises Inmarsat avec lesquelles se pavanaient les correspondants des grands médias ou les responsables d'organisations humanitaires dotées de gros budgets. Le jour se levait sur le lac de Šćit, et les plus insomniaques des quelque mille cinq cents ou deux mille campeurs répandus, comme autant de sacs-poubelle dans une décharge sauvage, autour des véhicules qui les avaient acheminés jusque-là, commencèrent à s'ébrouer, et, pour certains, à se demander quel sort inverse les avait déposés sur ce rivage. Depuis une heure déjà, établis juste au bord du lac, des bonzes japonais affiliés à une secte de réputation équivoque tapaient sur leurs gongs et psalmodiaient des ritournelles. En fait, que tant de gens fussent occupés dans leur coin, sans se soucier les uns des autres, à tant de marottes présentant pour la plupart un caractère sacré, ou du moins rituel, donnait à ce campement l'allure d'un établissement psychiatrique à ciel ouvert. De temps à autre quelques-uns des campeurs se prenaient de bec, et ces querelles se multiplièrent et s'approfondirent au fur et à mesure que le soleil s'élevait, dégageant une chaleur d'autant plus insupportable qu'il n'y avait rien, pas un arbre, pas même un buisson, pour s'y soustraire. Et pas un souffle d'air. Après avoir stagné plusieurs jours sur une colline dominant les chantiers navals de Split, le convoi s'était ébranlé la veille en fin de matinée, brusquement et dans une grande confusion. Les premières difficultés avaient surgi avec le franchissement de la frontière croate, les miliciens du HVO n'éprouvant aucune sympathie pour ce rassemblement placé sous le signe de « la paix maintenant » (en serbo-croate : *Mir Sada*), mais dont ils ne doutaient pas qu'il eût partie liée avec les Bosniaques, leurs adversaires du moment. Dans l'ascension du massif de Ljubuša, sur la piste entretenue tant bien que mal par des éléments britanniques de la Forpronu, la file des véhicules — et il y en avait de toutes les sortes, depuis l'autocar jusqu'à la voiture individuelle en passant par l'ambulance et le camion de pompiers —, tous abondamment pavoisés de bannières aux couleurs de l'arc-en-ciel, chacun traînant après lui un panache de poussière, s'étirait sur plusieurs dizaines de kilomètres. Des combats opposaient alors les Bosniaques aux Croates dans le bourg de Gornji Vakuf. Mais avant même que nous eussions atteint Prozor, qui n'était guère plus qu'une base arrière du HVO, les miliciens nous déroutèrent en pleine nuit vers cette langue de terre nue faufilée au milieu du lac de Šćit, sur lequel le jour se levait lorsque le frère Marc, en ayant terminé avec sa première messe, remballa son fourbi dans l'attaché-case gris anthracite. Et c'est alors que d'une île située à quelques centaines de mètres du rivage, et où l'on distinguait un clocher roman pointant au-dessus d'une masse de verdure, partit dans un vacarme prodigieux une salve de roquettes, chacune suivie d'une longue flamme, en direction des positions tenues par les Bosniaques sur le versant opposé du col de Prozor. Les Croates en tirèrent plusieurs, à intervalles réguliers, pendant tout le début de la matinée, apparemment sans autre but, compte tenu de la distance des objectifs qu'ils visaient, que d'attirer en retour des tirs également imprécis, et donc susceptibles de nous atteindre. Étrangement, les campeurs observèrent ce phénomène sans trahir la moindre émotion, comme ils l'auraient fait d'un geyser ou d'une autre curiosité naturelle, soit qu'ils fussent prêts, dans l'ensemble, au sacrifice suprême (mais il s'avéra par la suite que ce n'était pas le cas), soit que, trop ignorants de l'art militaire, incapables d'embrasser comme moi des vues stratégiques grandioses, dignes de Koutouzov ou d'Ardant du Picq, ils n'eussent pas compris que ces salves de roquettes risquaient d'entraîner une riposte de la partie adverse, et qui plus est sur leurs propres gueules. Comme, dès les premiers tirs, je m'étais disposé à retirer une certaine vanité de mon sang-froid, qu'il fût aussi largement partagé me contraria, et c'est pourquoi sans doute je me convainquis aussitôt que pour les autres, à quelques exceptions près, on ne pouvait l'imputer qu'à leur inconscience et à leur extrême sottise. Par la suite, alors que les tirs avaient cessé et que, sous un soleil de plus en plus implacable, le silence n'était plus troublé sur les bords du lac de Šćit que par le caquetage de la foule des campeurs (dont beaucoup faisaient la queue pour se rendre aux toilettes de campagne installées dans la nuit par une brigade mobile de franciscains italiens), leur inconscience et leur sottise éclatèrent de nouveau lorsqu'un hélicoptère de l'armée croate se posa à quelque distance du camp pour embarquer tout un assortiment de blessés en provenance de la ligne de front. On vit alors les campeurs se ruer par centaines vers le site de l'atterrissage, et quelques-uns d'entre eux, animés d'une telle frénésie qu'ils en abdiquaient toute prudence, se hisser, en dépit des insultes et des coups que leur distribuaient les miliciens croates chargés d'assurer la sécurité de cette évacuation, jusqu'à l'intérieur du fuselage pour tenter d'y photographier les corps déchiquetés des blessés.

En début d'après-midi, à l'heure où la chaleur atteignait son plus haut degré, alors que personnellement je m'étais mis à tremper dans l'eau tiède et boueuse du lac — tout habillé, aussi bien parce que cela permettait de conserver plus longtemps, à la sortie du bain, une impression de relative fraîcheur, que parce que les organisateurs avaient insisté, après l'incident de l'hélicoptère, pour que nous évitions désormais tout comportement susceptible de nous faire apparaître comme des touristes —, une assemblée générale réunit en plein soleil la majeure partie des campeurs, afin de décider démocratiquement, ou conformément aux vues exprimées par l'orateur le plus habile, de la suite du programme. Une des caractéristiques de ce rassemblement était que seuls les chefs, dans la mesure où ils disposaient de matériel radio et d'estafettes motorisées, étaient à même de se faire une idée plus ou moins nette de la situation militaire dans la région, et en particulier dans le secteur de Gornji Vakuf, tandis que la masse, aveugle et sourde, hébétée de fatigue et portée à incandescence par l'insolation, ne disposait quant à elle que des informations crachotantes, incomplètes ou tendancieuses, diffusées par les transistors que l'on se repassait de main en main. L'absence d'informations dignes de foi laissait le champ libre aux rumeurs, et la masse était saturée de ces dernières, la plupart catastrophiques, certaines, au contraire, d'un optimisme délirant. Cette confusion donnait un aperçu de ce que peuvent éprouver sur un champ de bataille des soldats qui n'ont aucune raison d'avoir confiance dans leurs chefs, et d'autant moins qu'ils ne les connaissent pas. Car personne, parmi les campeurs, ne savait au juste qui était à l'origine de cette marche, qui la dirigeait — si même elle était dirigée —, et chaque fois que l'on croyait tenir un de ses organisateurs présumés, et donc quelqu'un qui fût susceptible de nous éclairer sur les prochaines étapes — à supposer qu'elles fussent programmées — de cette tâtonnante course à l'abîme, il s'empressait de décliner toute responsabilité, jurant que c'était par erreur si l'association qu'il représentait notoirement avait été citée parmi les signataires de l'appel.

La panique des organisateurs était telle, à l'instant de prendre une décision engageant l'avenir du convoi, que l'on vit des porte-parole désavoués, puis réhabilités, puis désavoués de nouveau par leurs organisations respectives jusqu'à trois fois de suite dans la même journée. Car chacune de ces organisations qui ne se rappelaient plus, soudainement, si elles avaient appelé ou non à se joindre à la marche, se rendait compte qu'en cas de succès — si le convoi parvenait à franchir sans encombre la ligne de front (ou plutôt les lignes de front) et à rejoindre Sarajevo — le prestige qu'elle en retirerait indûment pour son propre compte serait immense, tandis qu'en cas d'échec sanglant elle serait condamnée à disparaître. Ainsi l'assemblée générale s'ouvrit-elle sous les meilleurs auspices. En gros, certains orateurs plaidaient pour que le convoi rebrousse chemin vers Split et d'autres pour qu'il progresse en direction de Sarajevo, chacun disposant d'informations exclusives, de toute dernière minute, qui conféraient à ses a priori les allures fallacieuses d'une évidence. En désespoir de cause, lorsqu'ils étaient à court d'arguments rationnels, les premiers jouaient sur la peur qu'éprouvaient les campeurs à l'idée de se lancer à l'aveuglette, à bord de véhicules lourds et lents, au milieu d'un champ de tir, et les seconds sur leur désir — d'autant plus répandu qu'il flottait sur ce rassemblement une atmosphère typiquement catholique d'exaltation et d'expiation — d'aller en chantant au sacrifice. L'un de ces agneaux mystiques, un universitaire américain approchant de l'âge de la retraite, tout en frappant du plat de la main son crâne chauve aux reflets violacés, hurlait dans le micro qu'il ne rentrerait pas aux États-Unis sans avoir reçu d'autres stigmates qu'un coup de soleil sur la tête. Les partisans du repli usaient d'arguments non moins douteux. Et tout cela en trois ou quatre langues parmi lesquelles dominait l'italien, peut-être simplement parce que c'était la langue du plus grand nombre, ou bien la plus bruyante, celle dans laquelle sonnaient le mieux les accusations de trahison, de lâcheté, voire, inévitablement, de « fascisme », échangées à pleins tombereaux. Il faut noter toutefois qu'avec un grand sens de la retenue, aucun orateur ne traita ses contradicteurs de SS ou de nazis. Après plusieurs heures de cette cacophonie, interrompue seulement par quelques évanouissements imputables tant à la chaleur qu'à l'émotion, les marcheurs de la paix durent se résoudre à se scinder en deux groupes, l'un décidant de poursuivre coûte que coûte et l'autre de retourner vers la côte dalmate. La séparation fut pesante, ceux qui poursuivaient éprouvant le sentiment d'être trahis, et ceux qui redescendaient ayant l'impression d'abandonner leurs compagnons à un destin funeste. Afin d'alléger les véhicules des premiers, et d'alourdir du même poids la conscience des seconds, il fut décidé que ces derniers se chargeraient de toutes les ordures, et il y en avait énormément, que les campeurs avaient accumulées pendant leur bref séjour sur les rives du lac de Šćit. Et c'est ainsi que je fis la connaissance du frère Marc, lequel se tenait debout, en robe de bure, sur le toit d'un autocar, attrapant au vol les sacs-poubelle que je lui lançais avec toute l'énergie dont j'étais encore capable, les ayant moi-même reçus des mains d'une jeune fille de province qui avait un tel air de sainteté, et cela sans la moindre recherche, sans la moindre ostentation, que l'on eût dit l'héroïne de *La joie,* dont on sait qu'elle fut inspirée à Bernanos par le caractère de sainte Thérèse de Lisieux.

Quelques heures s'étaient écoulées depuis que l'on m'avait déposé à l'entrée du domaine, au pied de deux hautes structures de métal rouillé dans lesquelles on reconnaissait une éolienne et un château d'eau. Bien qu'inutilisables désormais, l'une et l'autre évoquaient une vie communautaire autarcique, confinée, quelque chose entre le carcéral et le charitable. Plus précisément, elles évoquaient pour moi l'enfance retranchée — retranchée par la maladie, par la loi, par la guerre ou par tel autre fléau. En les voyant, je me souvins d'avoir remarqué à la sortie de P. — bien que l'on se fût efforcé, pour ménager ma sensibilité délicate, de me le dissimuler — un panneau routier indiquant sur la droite, c'est-à-dire dans la direction que nous devions emprunter : « Orphelinat Sainte-Anne ». Désormais, nous parlerons donc de ce lieu comme de l'orphelinat. Il serait tentant, mais inexact, de prétendre que la route ne va pas plus loin : ayant atteint ici son apogée, elle plonge ensuite, avant de se perdre au milieu des champs, dans un ravin abritant un couvent de religieuses contemplatives presque invisible de la route.

Quant à l'orphelinat Sainte-Anne, il se compose d'un bâtiment bas à trois corps datant probablement du lendemain de la Première Guerre mondiale, et dont une des ailes donne sur une cour de terre battue attenante à des bâtiments de ferme remontant à des temps plus reculés. De l'autre côté de la route, une grange, ou une étable, domine une mare aux eaux bien noires, abritant une importante population de canards de Barbarie qui en cette saison — on était au mois de mars — passaient déjà le plus clair de leur temps à s'enfiler, dans la journée du moins, car à la nuit tombée ils s'alignaient le long du bord et s'y tenaient tranquilles jusqu'à l'aube. Au-dessus de la mare se dresse une statue du Christ de taille humaine, amputée d'une main, ce qui imprime une dissymétrie assez troublante au geste de ses deux bras entrouverts. Sitôt que je la vis, cette mare me fit penser à Mouchette, à laquelle tout le paysage, d'ailleurs, semblait dédié. Au-delà de la mare s'étend un pré dans lequel un cheval noir se tenait debout et immobile, puis une coupe de bois descendant en pente douce vers d'autres prés, d'autres haies, d'autres bois, tout cela sombre et gorgé d'eau, et ainsi de suite jusqu'à l'horizon. Pour me convaincre de venir de moi-même m'enfermer en ce lieu, on m'avait persuadé qu'il se trouvait dans la Brenne. Or, bien qu'elle ne fût distante que de vingt ou trente kilomètres, on ne pouvait rien imaginer qui ressemblât moins à la Brenne.

Vers dix heures du soir, alors que je luttais contre le sommeil — paradoxe de l'insomniaque — en ânonnant des versets de l'Évangile selon saint Matthieu, exercice auquel je ne m'étais plus livré depuis une trentaine d'années, on m'introduisit auprès du frère Marc. L'entretien se déroula dans son cabinet, si c'est le terme qui convient pour désigner une pièce garnie d'une table, de deux chaises et d'un grand crucifix, tout cela au cœur d'une institution vouée principalement, sinon exclusivement, à la prière (j'entends par là qu'il ne s'agit pas d'un lieu de soins, du moins dans le sens habituel de ce mot). Aucun de nous ne fit allusion à notre précédente rencontre sur les rives du lac de Šćit, ni à ce long entretien à bord de l'*Ilirija*, entre Split et Rijeka, lors duquel il était apparu que nous avions autrefois tenu dans les mêmes turbulences des rôles si semblables que nous aurions pu ne faire qu'un seul homme, jusqu'à ce qu'un crime, d'ailleurs non élucidé, eût transformé en destin la vie de l'un de nous deux, tandis que celle de l'autre reprenait le cours ordinaire de toute vie. Personnellement, ce soir-là, j'étais incapable de parler. Pour me délier la langue, il aurait fallu que j'ingurgite une bonne dose d'alcool ; or, on le comprendra, il m'était impossible de demander quelque chose de ce genre au frère Marc, d'autant que la consommation de spiritueux était strictement prohibée à l'intérieur de l'orphelinat, et que c'était même pour cette raison, semble-t-il, que l'on m'y avait envoyé.

Plus notre face-à-face se prolongeait, et plus la confusion imputable au sevrage, tant d'alcool que de médicaments, me faisait perdre mes repères. Parfois il me semblait que j'étais moi-même ce moine, et je sentais ce crâne tondu de bagnard ou de légionnaire, ce regard empreint d'une douceur inexpressive, aveugle à ce qui lui faisait face, ces inflexions presque féminines de la voix — comme si, étrangère à la conversation, elle n'était qu'une continuation de la prière —, cette robe de bure et ces sandales à la saint François d'Assise comme les miens : d'ailleurs je n'avais pas le souvenir d'avoir jamais été autrement. À d'autres moments, reprenant ma place, j'observais avec détachement toute cette panoplie monacale, je n'y voyais qu'affectation et travestissement, et, gagné par l'idée qu'un homme aussi ridiculement déguisé ne pouvait être qu'un analyste, ou un psychiatre, ou un spécialiste de tel autre embranchement des sciences occultes, je me mettais docilement, pour ne pas le froisser par mon mutisme, à bredouiller des choses assez intimes, relatives à mes petites salades, éprouvant cependant à me livrer ainsi une gêne extrême, tantôt étouffant des sanglots et tantôt laissant fuser bien malgré moi des ricanements de hyène, jusqu'à ce que le frère Marc, comprenant sans doute à demi mon erreur relative à sa profession, s'efforçât de m'ouvrir les yeux en opposant à mes balbutiements impies des réflexions d'une haute tenue, mais complètement hors de propos, sur les Pères de l'Église, le personnalisme, la phénoménologie ou les Exercices spirituels de saint Ignace. Ainsi se tissaient entre nous, dans la pénombre, sous le grand crucifix, les fils d'un dialogue de sourds qui aurait certainement fait le bonheur du public si nous nous étions trouvés sur la scène d'un théâtre. Puis le frère Marc comprit qu'il n'y avait rien, au moins pour ce soir, à tirer de moi, et il me fit reconduire à ma chambre, après m'avoir demandé, sans le moindre accent de condescendance, si je souhaitais loger dans le bâtiment des visiteurs ou dans celui des toxicomanes.

De retour dans ma chambre, où l'on avait disposé un petit bouquet de fleurs des champs — sans intention particulière à mon égard, puisqu'à l'heure où la chambre avait été faite on ne savait pas encore qui l'occuperait —, je me mis à la recherche des toilettes, et, les ayant trouvées, j'observai qu'il y régnait une odeur presque suffocante d'encens : non pas de déodorant parfumé à l'encens, mais bel et bien d'encens, et l'on peut me faire crédit sur ce point, compte tenu du nombre de messes que j'ai servies, sans même parler de celles auxquelles je me suis contenté d'assister. Afin d'éclaircir ce mystère, je poussai la porte de la pièce la plus proche, et constatai avec horreur qu'il s'agissait, contre toute attente, de la chapelle, dans laquelle les toilettes étaient en quelque sorte encastrées. Cette disposition les rendait impropres à tout usage aussi longtemps qu'il se trouverait dans la chapelle ne serait-ce qu'une personne en prière, et je présumai que ce serait presque toujours le cas. Le lendemain, aux petites heures de l'aube, n'ayant pas dormi de la nuit, j'entendis des pas précipités dans l'escalier fort raide qui reliait le rez-de-chaussée à l'étage, puis, comme si cela se fut passé à l'intérieur même de ma chambre, la récitation du *confiteor* signalant le début de la messe. Condamné à partir à la recherche d'autres toilettes dans le bâtiment des toxicomanes — dont le mien, celui des « visiteurs », était séparé par toute la largeur de la cour — je m'habillai sommairement, entrouvris ma porte, constatai que la voie était libre, et m'engageai sur la pointe des pieds dans l'escalier, conçu comme une échelle de navire, dont les marches craquaient à chacun de mes pas aussi violemment que si j'avais sauté dessus à pieds joints. Alors que je venais d'arracher à la dernière marche un ultime craquement, et que déjà je respirais l'air de la liberté, la porte donnant sur la cour s'ouvrit de l'extérieur et je me heurtai à une sœur retardataire, arrivant en toute hâte du couvent des religieuses contemplatives, et à laquelle, ne sachant s'il était convenable ou suprêmement inconvenant de la saluer, je pris le parti de ne rien dire.

En attendant le petit déjeuner, lequel s'intercale entre cette première messe et la séance matinale d'adoration du saint sacrement — la seule cérémonie à laquelle tout le monde, même les païens, soit tenu d'assister —, je fis le tour du domaine, profitant de cette occasion, pour moi exceptionnelle, de voir le jour se lever autrement qu'à rebours, et qui plus est sur un paysage champêtre. À cause, peut-être, de l'insomnie, toute cette poésie agricole et berrichonne me leva le cœur. Et pourtant, c'est indéniable, tout était d'une beauté parfaite, si propice à l'attendrissement qu'au revers d'un talus je cueillis quelques primevères (inévitablement humides de rosée) dans l'intention de les faire sécher et de les envoyer à Rita, pressentant qu'un jour, après son départ — car en cet instant je ne doutais pas qu'elle dût me quitter —, je les retrouverais oubliées dans un tiroir avec la lettre qui les aurait accompagnées.

Quant à l'adoration du saint sacrement, elle me mit au supplice. La plupart des moines — il n'y en a guère plus de cinq au total —, des pensionnaires ou des visiteurs —

une dizaine — s'y adonnaient agenouillés, et les trois ou quatre religieuses couchées de tout leur long sur le sol, la face contre terre et les bras en croix. Or, en dépit de mes efforts, je ne pus me faire la moindre idée de ce qui intérieurement les comblait à ce point dans le spectacle d'un cadre doré, rayonnant, tel que l'on en voit encore chez les antiquaires de campagne, et dans lequel il me semblait que l'on aurait pu avantageusement disposer un miroir, ou plutôt le portrait d'une femme aimée. Car pour ce qui me concerne, rien, aucun ostensoir, aucune invitation à méditer ou à me recueillir, ne peut faire taire même un instant l'incessant bavardage, aussi exténuant qu'un bourdonnement d'oreille, avec ses multiples nuances, ses inflexions couvrant pratiquement tout le registre vocal, depuis le pépiement jusqu'au braiment en passant par la conversation mondaine et la harangue de tribune, qui fait de l'intérieur de mon crâne une véritable ruche, un caravansérail, une pétaudière, même et surtout lorsque je suis seul et extérieurement silencieux.

Dans la matinée, je me rendis à P. afin d'y repérer une cabine téléphonique et un marchand de journaux, seuls liens possibles avec le monde réel, le monde des vivants, aussi longtemps que se poursuivrait mon incarcération volontaire à l'orphelinat. Les maisons de P., toutes à peu près semblables, sont disposées de part et d'autre d'une route sur laquelle passent à grande vitesse des camions. De chaque côté, des cantonniers s'employaient à couper les branches chargées de fleurs des cerisiers alignés le long du trottoir, afin de les réduire à l'état bien plus satisfaisant de balais-brosses. Je constatai rapidement, après avoir poussé la porte du café-tabac où nul ne répondit à mon salut, que l'on n'y trouvait pas d'autre journal que *Le Berry républicain*. Encore ne le recevait-on pas tous les jours. M'ayant identifié au premier coup d'œil comme un pensionnaire de l'orphelinat, le patron et les clients étaient visiblement agacés de ne pouvoir déterminer avec la même facilité si j'étais religieux, toxicomane, ou chemineau, ce qui leur eût permis d'adopter à mon égard une attitude plus tranchée, d'ironique déférence dans le premier cas et de mépris ouvert dans les deux autres. D'un côté, mon âge et mes cheveux grisonnants, coupés court, de même que mes vêtements sombres et sans caractère particulier, devaient correspondre à l'idée qu'ils se faisaient d'un homme d'Église, mais, d'autre part, j'étais accompagné d'un jeune chien, qu'à défaut de laisse je promenais au bout d'une longue ficelle, et ce dernier détail me faisait évidemment apparaître comme un chemineau. Le chien à la ficelle compliqua beaucoup la seconde de mes démarches, celle relative au téléphone. À l'extérieur du bureau de poste, il y avait bien une cabine, mais une cabine à pièces, c'est-à-dire à peu près inutilisable, et qui ne comportait aucune aspérité à laquelle je puisse attacher la ficelle du chien. Or, si on le laissait libre, il se précipitait invariablement vers la route, au risque de se faire écraser. Et comme ce chien appartenait en effet à un chemineau qui, après un bref séjour à l'orphelinat, avait repris la route en y laissant l'animal en pension, je ne tenais pas à ce que sa mort pût m'être imputée. En désespoir de cause, le chien devenant de plus en plus agité, je dus le prendre dans mes bras pour entrer dans le bureau de poste — ce qui, par bonheur, m'attira la bienveillance de l'employée — et, sitôt que j'eus obtenu une communication avec Paris, l'immobiliser fermement, de mon bras gauche passé sous ses pattes de devant, tandis que de la main droite je devais à la fois tenir le combiné et prendre note des quelques messages laissés sur mon répondeur, et dont aucun, bien entendu, n'était celui que j'attendais.

Au retour, après avoir évité de justesse que le chien ne se fît happer par une machine agricole sous laquelle il s'était jeté, alors que j'abordais le chemin de terre montant entre deux rangées d'arbres vers les bâtiments de l'orphelinat, je croisai Momo qui, traînant son pied bot, se rendait en catimini au village. Parmi les pensionnaires, Momo est l'un de mes préférés : peut-être parce que nous sommes l'un et l'autre enclins à boire. Bien que lui-même n'ait de ses origines que des notions fort imprécises, il semble que Momo ait été ouvrier agricole, ici et là, avant de prendre la route, de s'y faire écraser au moins une fois et d'échouer provisoirement à l'orphelinat. Momo me demanda de lui prêter le chien, ce que je fis d'autant plus volontiers que, jusque-là, il ne m'avait attiré que des ennuis, si l'on excepte la bienveillance de la postière. Puis, après avoir regardé en tous sens autour de lui, comme s'il était vraisemblable que quelqu'un pût se cacher derrière un arbre, ou ramper dans l'herbe des champs, rien que pour espionner ses faits et gestes, Momo mit un doigt sur sa bouche et me fit jurer de ne dire à personne que nous nous étions croisés sur le chemin. Cela voulait dire qu'il allait au café, d'où je sortais, siffler un ou deux litres de rouge, et ce pacte entre nous, cette omerta d'ivrognes, m'inspira soudainement une sympathie sans bornes non seulement pour Momo, mais, plus fugitivement, pour le genre humain tout entier.

Plus tard, sur le même chemin, je croisai le frère Marc. Un vent violent s'était levé entretemps, qui faisait se tordre les arbres et claquer sa soutane comme une oriflamme. Bien que nous ne nous fussions entretenus que de sujets mondains — il me dit qu'il préférait le théâtre au cinéma (en vérité, il y a longtemps qu'il ne se soucie plus ni de l'un ni de l'autre) parce que dans le premier le spectateur n'est pas invité à s'identifier aux personnages du drame, et je lui fis remarquer que cette conception était d'une stricte orthodoxie brechtienne —, le décor, le vent, l'atmosphère crépusculaire, entre terre lourde et ciel menaçant, firent que cette rencontre m'évoqua celle du Diable et de l'abbé Donissan dans *Sous le soleil de Satan*, impression dont je lui fis part en ajoutant que rien, malheureusement, ne m'autorisait à me prendre pour Satan.

Un matin, nous avons été tirés de nos réflexions par la guerre. De toutes parts, entre l'orphelinat et le village de P., on entendait des rafales de mitrailleuses et de fusils d'assaut, des explosions de grenades et d'obus de mortiers, on voyait de la fumée s'élever au-dessus des bois. M'étant éloigné de quelques centaines de mètres, sur la route qui menait en direction du bourg, je vis un petit blindé déraper dans la boue d'un chemin de traverse et venir s'embusquer au revers d'un talus, cependant que des soldats en treillis de camouflage se précipitaient, cassés en deux, d'un fossé dans l'autre. Personne n'avait cru bon de nous prévenir de ces manœuvres, pourtant presque aussi bruyantes, à défaut d'être aussi meurtrières, qu'une vraie bataille, et qui se déployaient sur tout le territoire de la commune. Je rejoignis Momo, que le vacarme avait attiré au-dehors, à l'entrée de la cour, devant la mare dans laquelle déjà s'enfilaient les canards. Momo regardait les Gazelle-Hot évoluer au ras des arbres à la recherche de pseudo-chars ennemis. On se mit à parler d'hélicoptères : Momo n'était monté qu'une fois dans un appareil de ce genre, encore était-il dans le coma, ramassé sur la route par les gendarmes, de telle sorte que c'était seulement par ouï-dire qu'il se souvenait d'avoir voyagé en hélicoptère. D'ailleurs à ces derniers, trop bruyants, et presque toujours occupés à des besognes triviales, Momo préférait de beaucoup les ballons, qui se déplacent dans les airs en silence et sans but précis. Tandis que nous parlions, les échos de la bataille s'étaient éloignés en direction de P.

Momo s'exprime à l'aide de peu de mots, et teintés d'un accent berrichon qui le rend parfois difficile à comprendre. À table, avant les repas, lorsque chacun doit lancer à son tour le « je vous salue Marie », et tout le monde reprendre en chœur le final — « Sainte Marie, mère de Dieu, priez pour nous, pauvres pécheurs, maintenant et à l'heure de notre mort, ainsi soit-il » —, je ne suis pas arrivé à déterminer si Momo priait ou non, mais je dirais plutôt que non, à moins qu'il ne prie par politesse, de même qu'après le Bénédicité je fais comme tout le monde le signe de la croix, considérant qu'il n'y a pas plus de raison de refuser une bénédiction qu'une main tendue. Après notre entretien sur les aéronefs, Momo me fit part de son grand dessein, qui était d'ouvrir sous les auspices d'une abbaye un centre d'accueil pour les errants, avec le concours d'un autre client de l'orphelinat, Julien, que l'on ne voit jamais, pour l'excellente raison, semble-t-il, qu'il ne dessaoule que très rarement. C'était l'unique obstacle, mais de taille, à la réalisation du projet de Momo, que ses deux initiateurs fussent portés à boire, et que l'un d'eux, Julien, eût le vin violent par surcroît.

Depuis le début de mon séjour, le frère Rustique — celui des moines qui m'est le plus hostile, ou le moins favorable, peut-être parce qu'il ne peut admettre qu'un païen fasse l'objet d'une telle mansuétude de la part des autres moines — me harcelait pour que je rende visite à une statue de la Vierge érigée dans le parc du château de T., à laquelle il prête la faculté de « prodiguer des grâces innombrables, y compris des grâces que l'on n'a pas demandées ». Cette précision relative aux grâces inopportunes, le frère Rustique l'a notifiée en me regardant d'un air goguenard, air qu'il affecte volontiers dans ses relations avec moi, et qui, de même que son insistance à m'envoyer visiter cette Vierge, n'est peut-être que le reflet d'une volonté opiniâtre de me convertir, et donc, de son point de vue, de me sauver. Car le frère Rustique a tout de ces hommes d'Église qui ne brûlaient les hérétiques, au besoin par milliers, que dans l'espoir de leur arracher dans les flammes une abjuration et de leur éviter ainsi, au prix d'un supplice assez bref, une damnation éternelle autrement difficile à supporter.

Intrigué par son insistance, ou peut-être afin de me soustraire à ses sarcasmes, je me suis finalement décidé à entreprendre ce pèlerinage. Il se peut aussi, après tout, que les manœuvres du frère Rustique aient éveillé en moi un obscur désir d'être sauvé : du moins est-ce une hypothèse qui me vint à l'esprit tandis que je franchissais les quelques kilomètres séparant l'orphelinat du château de T.

Et lorsque dans le parc de ce dernier — désert, et donc plein de mystère et d'insinuations — je me suis retrouvé en présence de la Vierge, mû par un sentiment de même nature que celui qui m'avait poussé, le soir de mon arrivée, à entretenir malgré moi le frère Marc de mes problèmes intimes, je me suis senti obligé de prier, un peu comme on se sent obligé de dire bonjour à quelqu'un que l'on croise sur un chemin retiré. Tout d'abord, je me suis efforcé de prier convenablement, me semble-t-il, enfin comme doivent prier ceux qui croient, puis, au souvenir des crocs dont m'avaient menacé, à l'aller, deux molosses errant librement dans une cour de ferme devant laquelle il me faudrait repasser, j'ai demandé à la Vierge de me combiner si possible un itinéraire de retour évitant cette difficulté. Aucun itinéraire de ce genre ne figurait sur la carte détaillée dont je m'étais muni : or, en levant les yeux, sitôt ma prière achevée, je vis que dans l'épaisse forêt, auparavant impénétrable, qui s'étend entre le fond du parc et l'unique autre route menant à P., venait de s'ouvrir une large allée cavalière, phénomène que l'on ne peut guère comparer qu'à cette brèche ouverte par Dieu dans la mer Rouge et qui permit au peuple de Moïse de la traverser à pied sec, avant qu'elle ne se refermât sur les Égyptiens lancés à sa poursuite (je me souvins alors d'avoir vu cette scène au cinéma, avec Charlton Heston dans le rôle de Moïse et Yul Brynner dans celui de Pharaon). Lorsque je m'engageai dans l'allée cavalière, non sans avoir auparavant remercié la Vierge de son intercession, j'eus la certitude qu'elle m'accompagnait, invisible mais toute proche. Bien qu'il n'y eût pas de vent, plusieurs arbres craquaient comme s'ils avaient été sur le point d'être déracinés par la tempête. Le soleil brillait d'un éclat excessif, et les oiseaux s'égosillaient comme au lever du jour. Quant à moi, je me mis à réciter des « Je vous salue Marie » en rafales, ainsi que je l'avais entendu faire au réfectoire, et bientôt, épuisé d'une joie terrifiante — une joie qui me faisait dresser les cheveux sur la tête —, je m'assis sur une souche et j'y attendis longtemps une apparition qui ne vint pas. Mais dans mon for intérieur, je savais que j'avais passé les bornes, que j'avais fait l'aveu de mon peu de foi en sollicitant une apparition aussitôt après un miracle.

Et cependant il ne s'écoula que quelques jours avant que je ne fusse le témoin, et le bénéficiaire, d'une seconde intercession miraculeuse. Ce jour-là, c'était de nouveau le frère Rustiquc qui m'avait désigné un itinéraire de promenade en me le garantissant comme absolument exempt de chiens (au moins de chiens de grande taille). Au crépuscule, dans une lumière d'une beauté telle que le fait d'en jouir seul engendrait une mélancolie très propice à de nouveaux élans mystiques (car il s'agissait d'une lumière comparable à celle que saint François d'Assise semble voir dans le tableau de Rubens le représentant sur son lit de mort), je venais d'observer longuement un faucon crécerelle — un oiseau auquel s'attache pour moi une signification symbolique particulière — perché au sommet d'un tronc nu, solitaire au milieu d'un chantier de coupe, lorsque du fond d'un pré situé en contrebas de la route, j'entendis monter des grondements sourds émanant d'un ou de plusieurs chiens encore invisibles, soustraits à mon regard par un taillis dont tout indiquait qu'ils étaient en train de le traverser à vive allure. Un peu plus tard, deux monstres noirs, écumants, apparurent en effet à découvert, fonçant droit sur moi à travers le pré, emportés dans une folle et baveuse émulation de férocité, tels deux miliciens se livrant côte à côte au carnage dans une ville conquise. Un instant j'eus l'espoir que la clôture qui séparait le pré de la route, forte de plusieurs rangs de barbelés, bloquerait leur élan. Mais ils se jouèrent de cet obstacle en vrais démons surgis de l'enfer, s'aplatissant sans même ralentir puis se redressant pour se jeter sur moi en quelques bonds. Alors qu'ils s'apprêtaient à me dévorer — le plus grand avait déjà posé ses deux pattes de devant sur mes épaules — j'invoquai de nouveau la Vierge Marie (il convient de noter qu'étant habituellement d'un naturel craintif, surtout lorsqu'il s'agit d'affronter des chiens, lors de cet incident je ne me départis jamais de mon calme, et j'attendis l'assaut avec la fermeté d'un roc ou l'insouciance d'un martyr) et aussitôt les molosses se couchèrent à mes pieds en frétillant de la queue, en se roulant sur le dos et en couinant comme d'inoffensifs chiots. (Le lendemain, dans le récit de cette scène que j'envoyai à Rita, je prétendis que c'était elle que j'avais invoquée, et non la Vierge, persuadé que cette dernière, même si elle m'avait effectivement secouru, ne me tiendrait pas rigueur de cette petite malversation. Car mes sentiments religieux, dans la mesure où j'en ai quelquefois éprouvés, ne se sont jamais accommodés de l'idée que Dieu ou les personnes de son entourage pussent s'intéresser à de telles vétilles, ni même se soucier le moins du monde de ce qu'il est convenu d'appeler notre vie privée.) De retour à l'orphelinat, à la tombée de la nuit, le front encore nimbé de cette aura miraculeuse, j'entendis les échos d'une bagarre assez furieuse pour que les quatre murs du local où elle se déroulait — l'espèce de salon, attenant à la chambre du frère Rustique, qu'il est convenu d'appeler « Bethléem », et qui donne sur la cour par une porte vitrée — en fussent ébranlés comme par des coups de bélier. Les deux adversaires, dans leurs efforts pour s'assommer mutuellement, en étaient déjà à briser des meubles, et leur affrontement était rendu plus saisissant encore par la nécessité dans laquelle je me trouvais, ne pouvant le voir dans son ensemble, de le reconstituer à partir de données fragmentaires, telles les ombres mouvantes que la lueur d'une flambée, à travers la porte vitrée, projetait sur le sol de la cour. Ayant échoué à séparer les combattants — à moins que, laissant leur destin s'accomplir, il n'eût pas tenté de le faire —, le frère Rustique sortit à ce moment et referma la porte derrière lui. Sans rien dire, il me regarda d'un air mauvais, moins comme si je pouvais être la cause de ce désordre que parce que je me trouvais toujours, de son point de vue, là où il ne fallait pas. Alors que nous nous dévisagions en silence, il y eut à l'intérieur un regain de grabuge, et les deux pugilistes, emportés par leur élan, firent exploser la porte vitrée et se retrouvèrent étalés dans la cour, encore agrippés l'un à l'autre, ensanglantés, parmi les morceaux de bois et les éclats de verre.

J'appris plus tard que l'un d'eux était Julien, et je compris aussitôt, avant même d'en avoir eu confirmation par le frère Marc, que cet esclandre sonnait le glas des espérances de Momo, l'abbaye qu'ils avaient pressentie ne pouvant accepter désormais de prendre sous sa responsabilité un homme susceptible de se jeter à la gorge du premier venu. Quant à moi, alors que je tergiversais depuis plusieurs jours, cette succession de prodiges hâta ma décision de quitter l'orphelinat aussitôt que les circonstances le permettraient. Pendant la nuit, incapable de trouver le sommeil, gêné par les ronflements de Julien qui, après son combat, dormait à l'étage au-dessous d'un sommeil d'ivrogne, je dus lutter contre l'idée que l'on m'empêcherait le lendemain de m'éloigner, et que l'on ne m'avait envoyé en ce lieu qu'afin que je devienne fou ou que je me convertisse, deux issues que je refusais également.

En route vers Châteauroux, le frère Marc voulut que nous nous arrêtions pour visiter une tombe dans le nouveau cimetière de P. Il y a longtemps que les cimetières, dans l'ensemble, ne nous font plus peur, qu'ils n'évoquent plus la mort que comme une formalité administrative ou, le cas échéant, une occasion de réjouissances familiales. Mais celui de P., parce qu'on venait de le mettre en service, présentait la particularité de ne compter qu'une tombe, tandis que sur toute son étendue, entre les quatre murs de béton le délimitant, couraient de longues bandes herbues appelées à en recevoir de nouvelles. Et il y avait de la place pour énormément de morts à venir. La tombe auprès de laquelle voulait m'introduire le frère Marc était non seulement unique mais peu réglementaire : elle ressemblait plutôt à une tombe de western qu'à celles, aérodynamiques, avec envolées de marbre et incrustations de médaillons, que l'on s'attendait à trouver dans ce cimetière neuf. À défaut d'une pierre tombale ou même d'une stèle, elle consistait en un simple tertre dans lequel était plantée une croix de bois marquée d'un prénom et d'une seule date, le mort que l'on y avait enterré étant dépourvu de patronyme, et son état civil se bornant à cette date ultime.

Venant on ne sait d'où et n'allant nulle part, il avait de son vivant l'habitude de se déplacer à mobylette et de s'arrêter de temps en temps pour quelques jours à l'orphelinat, où la règle est de ne jamais poser de questions aux visiteurs sur leurs antécédents. Au terme de son dernier séjour, lors duquel les gendarmes de P. s'étaient efforcés sans succès de convaincre les moines de le jeter dehors, il était reparti sur sa mobylette pour aller s'écraser, à quelques dizaines de kilomètres de là, contre un camion roulant en sens inverse. Avec un luxe de détails macabres dont l'accumulation trahissait un certain goût pour l'humour noir, le frère Marc me décrivit les difficultés auxquelles il s'était heurté pour recueillir ce cadavre sans nom et sans adresse, qu'aucun parent ne réclamait, par ailleurs en plusieurs morceaux, et pour l'acheminer jusqu'au cimetière de P. dans le coffre de sa voiture, privant ainsi les pompes funèbres de leur dû. Il lui avait fallu pour cela enfreindre une dizaine, au moins, de lois et de règlements. Mais les pensionnaires de l'orphelinat considéraient l'anonyme à la mobylette comme l'un des leurs, et, tant qu'ils ne l'eurent pas inhumé, il avait régné parmi eux une telle effervescence que le frère Marc était encore persuadé qu'un désastre se serait produit, sans qu'il pût préciser de quel genre, si ses propres démarches n'avaient pas abouti. Dans l'ensemble, le frère Marc n'est pas un optimiste, et quand il se laisse aller à raconter des histoires terrestres, elles se terminent souvent mal, au moins d'un point de vue laïque. Ainsi, quand on lui demande ce qu'il est advenu de tel ou telle pensionnaire de l'orphelinat après son retour à la vie civile, c'est presque toujours pour apprendre qu'il s'est pendu ou qu'elle s'est remise au tapin. Mais quelle que soit la nature, certes difficile à comprendre, de ce sentiment, il est indéniable qu'il parle toujours des pensionnaires avec amour, dans le sens que lui-même prête à ce mot, sans connivence ni attendrissement, et sans jamais porter de jugement sur des agissements pour lesquels ils pourraient cent fois être damnés, sans parler du tarif auquel les facturerait la justice des hommes.

Comme nous approchions de Châteauroux, je me décidai à lui poser une question qui, sous des formes variées, évoluant au fil du temps, se présentait à moi depuis le début de mon séjour, et relative au lien qui unissait sous les auspices de l'orphelinat des clients aussi différents que les moines, les toxicomanes, un schizophrène au moins, tout un choix d'alcooliques et de chemineaux, sans même parler des « visiteurs », parmi lesquels il y a aussi de la variété. « Nous sommes tous des boiteux, me dit-il, mais qui vivent dans l'espérance » ; et cela sans détourner son regard de la route ou lever le pied, car il conduisait à fond de train, tout en embardées et en glissades, dans un style rien moins que sacerdotal.

De Châteauroux je pris l'autocar pour Montluçon et là, attendant un second autocar, dans cette ville qui n'offre guère de distractions, je poussai la porte d'un café et je bus deux ou trois godets, les premiers depuis longtemps, ou du moins depuis plusieurs jours. Puis l'idée me vint, tant mon séjour chez les moines m'avait été profitable, d'entrer dans une église, où dans la pénombre, encore ébloui par la lumière du dehors, je me retrouvai nez à nez avec une statue de sainte Rita, la sainte, comme chacun sait, des « causes dangereuses et désespérées ». Il convient peut-être de rappeler que Rita est aussi le prénom de cette femme qu'à l'époque déjà je soupçonnais d'être très encline à disparaître.

Je décidai de lui offrir un cierge, et, royalement, je choisis l'article le plus cher, un modèle tellement lourd que j'eus du mal à le faire tenir debout. Les quelques verres auparavant sifflés me laissaient une impression fort agréable. Devant le maître-autel, sur un lutrin, une Bible était ouverte à une page du livre des Proverbes où l'on pouvait lire celui-ci, en caractères gothiques et tout enluminés : « Méfie-toi du vin ! Qu'est-ce qui fait les ha ! et les hélas ? »

DU MÊME AUTEUR

Aux Éditions Gallimard

CYRILLE ET MÉTHODE, 1994.

JOSÉPHINE, 1994.

ZONES, 1995 (Folio nº 2913).

L'ORGANISATION, 1996. Prix Médicis 1996 (Folio nº 3153).

CAMPAGNES, 2000.

Aux Éditions P.O.L

LA CLÔTURE, 2002 (Folio nº 4067).

CHRÉTIENS, 2003 (Folio nº 4413).

TERMINAL FRIGO, 2005 (Folio nº 4546).

L'HOMME QUI A VU L'OURS, 2006.

L'EXPLOSION DE LA DURITE, 2007 (Folio nº 4800).

UN CHIEN MORT APRÈS LUI, 2009 (Folio nº 5080).

Chez d'autres éditeurs

JOURNAL DE GAND AUX ALÉOUTIENNES, J.-C. Lattès, 1982, Petite Bibliothèque Payot, 1992.

L'OR DU SCAPHANDRIER, J.-C. Lattès, 1983, réédition L'Escampette, 2008.

LA LIGNE DE FRONT, Quai Voltaire, 1988. Prix Albert Londres 1988, Petite Bibliothèque Payot, 1995.

LA FRONTIÈRE BELGE, J.-C. Lattès, 1989, L'Escampette, 2001.

C'ÉTAIT JUSTE CINQ HEURES DU SOIR, avec Jean-Christian Bourcart, Le Point du Jour, 1998.

TRAVERSES, NiL, 1999.

DINGOS, suivi de CHERBOURG-EST/CHERBOURG-OUEST, Éditions du Patrimoine, 2002.

COLLECTION FOLIO

Dernières parutions

4783. Lao She	*Le nouvel inspecteur* suivi de *Le croissant de lune.*
4784. Guy de Maupassant	*Apparition et autres contes de l'étrange.*
4785. D. A. F. de Sade	*Eugénie de Franval.*
4786. Patrick Amine	*Petit éloge de la colère.*
4787. Élisabeth Barillé	*Petit éloge du sensible.*
4788. Didier Daeninckx	*Petit éloge des faits divers.*
4789. Nathalie Kuperman	*Petit éloge de la haine.*
4790. Marcel Proust	*La fin de la jalousie.*
4791. Friedrich Nietzsche	*Lettres choisies.*
4792. Alexandre Dumas	*La Dame de Monsoreau.*
4793. Julian Barnes	*Arthur & George.*
4794. François Bégaudeau	*Jouer juste.*
4795. Olivier Bleys	*Semper Augustus.*
4796. Éric Fottorino	*Baisers de cinéma.*
4797. Jens Christian Grøndahl	*Piazza Bucarest.*
4798. Orhan Pamuk	*Istanbul.*
4799. J.-B. Pontalis	*Elles.*
4800. Jean Rolin	*L'explosion de la durite.*
4801. Willy Ronis	*Ce jour-là.*
4802. Ludovic Roubaudi	*Les chiens écrasés.*
4803. Gilbert Sinoué	*Le colonel et l'enfant-roi.*
4804. Philippe Sollers	*L'évangile de Nietzsche.*
4805. François Sureau	*L'obéissance.*
4806. Montesquieu	*Considérations sur les causes de la grandeur des Romains et de leur décadence.*
4807. Collectif	*Des nouvelles de McSweeney's.*
4808. J. G. Ballard	*Que notre règne arrive.*
4809. Erri De Luca	*Sur la trace de Nives.*
4810. René Frégni	*Maudit le jour.*
4811. François Gantheret	*Les corps perdus.*
4812. Nikos Kavvadias	*Le quart.*
4813. Claudio Magris	*À l'aveugle.*
4814. Ludmila Oulitskaïa	*Mensonges de femmes.*

4815. Arto Paasilinna — *Le bestial serviteur du pasteur Huuskonen.*

4816. Alix de Saint-André — *Il n'y a pas de grandes personnes.*

4817. Dai Sijie — *Par une nuit où la lune ne s'est pas levée.*

4818. Antonio Tabucchi — *Piazza d'Italia.*

4819. Collectif — *Les guerres puniques.*

4820. Patrick Declerck — *Garanti sans moraline.*

4821. Isabelle Jarry — *Millefeuille de onze ans.*

4822. Joseph Kessel — *Ami, entends-tu…*

4823. Clara Sánchez — *Un million de lumières.*

4824. Denis Tillinac — *Je nous revois...*

4825. George Sand — *Elle et Lui.*

4826. Nina Bouraoui — *Avant les hommes.*

4827. John Cheever — *Les lumières de Bullet Park.*

4828. Didier Daeninckx — *La mort en dédicace.*

4829. Philippe Forest — *Le nouvel amour.*

4830. André Gorz — *Lettre à D.*

4831. Shirley Hazzard — *Le passage de Vénus.*

4832. Vénus Khoury-Ghata — *Sept pierres pour la femme adultère.*

4833. Danielle Mitterrand — *Le livre de ma mémoire.*

4834. Patrick Modiano — *Dans le café de la jeunesse perdue.*

4835. Marisha Pessl — *La physique des catastrophes.*

4837. Joy Sorman — *Du bruit.*

4838. Brina Svit — *Coco Dias ou La Porte Dorée.*

4839. Julian Barnes — *À jamais* et autres nouvelles.

4840. John Cheever — *Une Américaine instruite* suivi d'*Adieu, mon frère.*

4841. Collectif — *«Que je vous aime, que je t'aime!»*

4842. André Gide — *Souvenirs de la cour d'assises.*

4843. Jean Giono — *Notes sur l'affaire Dominici.*

4844. Jean de La Fontaine — *Comment l'esprit vient aux filles.*

4845. Yukio Mishima — *Papillon* suivi de *La lionne.*

4846. John Steinbeck — *Le meurtre* et autres nouvelles.

4847. Anton Tchékhov — *Un royaume de femmes* suivi de *De l'amour.*

4848. Voltaire — *L'Affaire du chevalier de La*

		Barre précédé de *L'Affaire Lally.*
4849.	Victor Hugo	*Notre-Dame de Paris.*
4850.	Françoise Chandernagor	*La première épouse.*
4851.	Collectif	*L'œil de La NRF.*
4852.	Marie Darrieussecq	*Tom est mort.*
4853.	Vincent Delecroix	*La chaussure sur le toit.*
4854.	Ananda Devi	*Indian Tango.*
4855.	Hans Fallada	*Quoi de neuf, petit homme ?*
4856.	Éric Fottorino	*Un territoire fragile.*
4857.	Yannick Haenel	*Cercle.*
4858.	Pierre Péju	*Cœur de pierre.*
4859.	Knud Romer	*Cochon d'Allemand.*
4860.	Philip Roth	*Un homme.*
4861.	François Taillandier	*Il n'y a personne dans les tombes.*
4862.	Kazuo Ishiguro	*Un artiste du monde flottant.*
4863.	Christian Bobin	*La dame blanche.*
4864.	Sous la direction d'Alain Finkielkraut	*La querelle de l'école.*
4865.	Chahdortt Djavann	*Autoportrait de l'autre.*
4866.	Laura Esquivel	*Chocolat amer.*
4867.	Gilles Leroy	*Alabama Song.*
4868.	Gilles Leroy	*Les jardins publics.*
4869.	Michèle Lesbre	*Le canapé rouge.*
4870.	Carole Martinez	*Le cœur cousu.*
4871.	Sergio Pitol	*La vie conjugale.*
4872.	Juan Rulfo	*Pedro Páramo.*
4873.	Zadie Smith	*De la beauté.*
4874.	Philippe Sollers	*Un vrai roman. Mémoires.*
4875.	Marie d'Agoult	*Premières années.*
4876.	Madame de Lafayette	*Histoire de la princesse de Montpensier* et autres nouvelles.
4877.	Madame Riccoboni	*Histoire de M. le marquis de Cressy.*
4878.	Madame de Sévigné	*« Je vous écris tous les jours… »*
4879.	Madame de Staël	*Trois nouvelles.*
4880.	Sophie Chauveau	*L'obsession Vinci.*
4881.	Harriet Scott Chessman	*Lydia Cassatt lisant le journal du matin.*
4882.	Raphaël Confiant	*Case à Chine.*

4883. Benedetta Craveri	*Reines et favorites.*
4884. Erri De Luca	*Au nom de la mère.*
4885. Pierre Dubois	*Les contes de crimes.*
4886. Paula Fox	*Côte ouest.*
4887. Amir Gutfreund	*Les gens indispensables ne meurent jamais.*
4888. Pierre Guyotat	*Formation.*
4889. Marie-Dominique Lelièvre	*Sagan à toute allure.*
4890. Olivia Rosenthal	*On n'est pas là pour disparaître.*
4891. Laurence Schifano	*Visconti.*
4892. Daniel Pennac	*Chagrin d'école.*
4893. Michel de Montaigne	*Essais I.*
4894. Michel de Montaigne	*Essais II.*
4895. Michel de Montaigne	*Essais III.*
4896. Paul Morand	*L'allure de Chanel.*
4897. Pierre Assouline	*Le portrait.*
4898. Nicolas Bouvier	*Le vide et le plein.*
4899. Patrick Chamoiseau	*Un dimanche au cachot.*
4900. David Fauquemberg	*Nullarbor.*
4901. Olivier Germain-Thomas	*Le Bénarès-Kyôto.*
4902. Dominique Mainard	*Je voudrais tant que tu te souviennes.*
4903. Dan O'Brien	*Les bisons de Broken Heart.*
4904. Grégoire Polet	*Leurs vies éclatantes.*
4905. Jean-Christophe Rufin	*Un léopard sur le garrot.*
4906. Gilbert Sinoué	*La Dame à la lampe.*
4907. Nathacha Appanah	*La noce d'Anna.*
4908. Joyce Carol Oates	*Sexy.*
4909. Nicolas Fargues	*Beau rôle.*
4910. Jane Austen	*Le Cœur et la Raison.*
4911. Karen Blixen	*Saison à Copenhague.*
4912. Julio Cortázar	*La porte condamnée* et autres nouvelles fantastiques.
4913. Mircea Eliade	*Incognito à Buchenwald...* précédé d'*Adieu !...*
4914. Romain Gary	*Les trésors de la mer Rouge.*
4915. Aldous Huxley	*Le jeune Archimède* précédé de *Les Claxton.*
4916. Régis Jauffret	*Ce que c'est que l'amour* et autres microfictions.
4917. Joseph Kessel	*Une balle perdue.*

4918. Lie-tseu	*Sur le destin* et autres textes.
4919. Junichirô Tanizaki	*Le pont flottant des songes.*
4920. Oscar Wilde	*Le portrait de Mr. W. H.*
4921. Vassilis Alexakis	*Ap. J.-C.*
4922. Alessandro Baricco	*Cette histoire-là.*
4923. Tahar Ben Jelloun	*Sur ma mère.*
4924. Antoni Casas Ros	*Le théorème d'Almodóvar.*
4925. Guy Goffette	*L'autre Verlaine.*
4926. Céline Minard	*Le dernier monde.*
4927. Kate O'Riordan	*Le garçon dans la lune.*
4928. Yves Pagès	*Le soi-disant.*
4929. Judith Perrignon	*C'était mon frère...*
4930. Danièle Sallenave	*Castor de guerre*
4931. Kazuo Ishiguro	*La lumière pâle sur les collines.*
4932. Lian Hearn	*Le Fil du destin. Le Clan des Otori.*
4933. Martin Amis	*London Fields.*
4934. Jules Verne	*Le Tour du monde en quatre-vingts jours.*
4935. Harry Crews	*Des mules et des hommes.*
4936. René Belletto	*Créature.*
4937. Benoît Duteurtre	*Les malentendus.*
4938. Patrick Lapeyre	*Ludo et compagnie.*
4939. Muriel Barbery	*L'élégance du hérisson.*
4940. Melvin Burgess	*Junk.*
4941. Vincent Delecroix	*Ce qui est perdu.*
4942. Philippe Delerm	*Maintenant, foutez-moi la paix !*
4943. Alain-Fournier	*Le grand Meaulnes.*
4944. Jerôme Garcin	*Son excellence, monsieur mon ami.*
4945. Marie-Hélène Lafon	*Les derniers Indiens.*
4946. Claire Messud	*Les enfants de l'empereur*
4947. Amos Oz	*Vie et mort en quatre rimes*
4948. Daniel Rondeau	*Carthage*
4949. Salman Rushdie	*Le dernier soupir du Maure*
4950. Boualem Sansal	*Le village de l'Allemand*
4951. Lee Seung-U	*La vie rêvée des plantes*
4952. Alexandre Dumas	*La Reine Margot*
4953. Eva Almassy	*Petit éloge des petites filles*
4954. Franz Bartelt	*Petit éloge de la vie de tous les jours*
4955. Roger Caillois	*Noé* et autres textes

4956. Casanova — *Madame F.* suivi d'*Henriette*
4957. Henry James — *De Grey, histoire romantique*
4958. Patrick Kéchichian — *Petit éloge du catholicisme*
4959. Michel Lermontov — *La Princesse Ligovskoï*
4960. Pierre Péju — *L'idiot de Shangai* et autres nouvelles
4961. Brina Svit — *Petit éloge de la rupture*
4962. John Updike — *Publicité*
4963. Noëlle Revaz — *Rapport aux bêtes*
4964. Dominique Barbéris — *Quelque chose à cacher*
4965. Tonino Benacquista — *Malavita encore*
4966. John Cheever — *Falconer*
4967. Gérard de Cortanze — *Cyclone*
4968. Régis Debray — *Un candide en Terre sainte*
4969. Penelope Fitzgerald — *Début de printemps*
4970. René Frégni — *Tu tomberas avec la nuit*
4971. Régis Jauffret — *Stricte intimité*
4972. Alona Kimhi — *Moi, Anastasia*
4973. Richard Millet — *L'Orient désert*
4974. José Luís Peixoto — *Le cimetière de pianos*
4975. Michel Quint — *Une ombre, sans doute*
4976. Fédor Dostoïevski — *Le Songe d'un homme ridicule* et autres récits
4977. Roberto Saviano — *Gomorra*
4978. Chuck Palahniuk — *Le Festival de la couille*
4979. Martin Amis — *La Maison des Rencontres*
4980. Antoine Bello — *Les funambules*
4981. Maryse Condé — *Les belles ténébreuses*
4982. Didier Daeninckx — *Camarades de classe*
4983. Patrick Declerck — *Socrate dans la nuit*
4984. André Gide — *Retour de l'U.R.S.S.*
4985. Franz-Olivier Giesbert — *Le huitième prophète*
4986. Kazuo Ishiguro — *Quand nous étions orphelins*
4987. Pierre Magnan — *Chronique d'un château hanté*
4988. Arto Paasilinna — *Le cantique de l'apocalypse joyeuse*
4989. H.M. van den Brink — *Sur l'eau*
4990. George Eliot — *Daniel Deronda, 1*
4991. George Eliot — *Daniel Deronda, 2*
4992. Jean Giono — *J'ai ce que j'ai donné*
4993. Édouard Levé — *Suicide*
4994. Pascale Roze — *Itsik*
4995. Philippe Sollers — *Guerres secrètes*

4996. Vladimir Nabokov — *L'exploit*
4997. Salim Bachi — *Le silence de Mahomet*
4998. Albert Camus — *La mort heureuse*
4999. John Cheever — *Déjeuner de famille*
5000. Annie Ernaux — *Les années*
5001. David Foenkinos — *Nos séparations*
5002. Tristan Garcia — *La meilleure part des hommes*
5003. Valentine Goby — *Qui touche à mon corps je le tue*
5004. Rawi Hage — *De Niro's Game*
5005. Pierre Jourde — *Le Tibet sans peine*
5006. Javier Marías — *Demain dans la bataille pense à moi*
5007. Ian McEwan — *Sur la plage de Chesil*
5008. Gisèle Pineau — *Morne Câpresse*
5009. Charles Dickens — *David Copperfield*
5010. Anonyme — *Le Petit-Fils d'Hercule*
5011. Marcel Aymé — *La bonne peinture*
5012. Mikhaïl Boulgakov — *J'ai tué*
5013. Arthur Conan Doyle — *L'interprète grec et autres aventures de Sherlock Holmes*
5014. Frank Conroy — *Le cas mystérieux de R.*
5015. Arthur Conan Doyle — *Une affaire d'identité et autres aventures de Sherlock Holmes*
5016. Cesare Pavese — *Histoire secrète*
5017. Graham Swift — *Le sérail*
5018. Rabindranath Tagore — *Aux bords du Gange*
5019. Émile Zola — *Pour une nuit d'amour*
5020. Pierric Bailly — *Polichinelle*
5022. Alma Brami — *Sans elle*
5023. Catherine Cusset — *Un brillant avenir*
5024. Didier Daeninckx — *Les figurants. Cités perdues*
5025. Alicia Drake — *Beautiful People. Saint Laurent, Lagerfeld : splendeurs et misères de la mode*
5026. Sylvie Germain — *Les Personnages*
5027. Denis Podalydès — *Voix off*
5028. Manuel Rivas — *L'Éclat dans l'Abîme*
5029. Salman Rushdie — *Les enfants de minuit*
5030. Salman Rushdie — *L'Enchanteresse de Florence*
5031. Bernhard Schlink — *Le week-end*
5032. Collectif — *Écrivains fin-de-siècle*
5033. Dermot Bolger — *Toute la famille sur la jetée du Paradis*

5034. Nina Bouraoui — *Appelez-moi par mon prénom*
5035. Yasmine Char — *La main de Dieu*
5036. Jean-Baptiste Del Amo — *Une éducation libertine*
5037. Benoît Duteurtre — *Les pieds dans l'eau*
5038. Paula Fox — *Parure d'emprunt*
5039. Kazuo Ishiguro — *L'inconsolé*
5040. Kazuo Ishiguro — *Les vestiges du jour*
5041. Alain Jaubert — *Une nuit à Pompéi*
5042. Marie Nimier — *Les inséparables*
5043. Atiq Rahimi — *Syngué sabour. Pierre de patience*
5044. Atiq Rahimi — *Terre et cendres*
5045. Lewis Carroll — *La chasse au Snark*
5046. Joseph Conrad — *La Ligne d'ombre*
5047. Martin Amis — *La flèche du temps*
5048. Stéphane Audeguy — *Nous autres*
5049. Roberto Bolaño — *Les détectives sauvages*
5050. Jonathan Coe — *La pluie, avant qu'elle tombe*
5051. Gérard de Cortanze — *Les vice-rois*
5052. Maylis de Kerangal — *Corniche Kennedy*
5053. J.M.G. Le Clézio — *Ritournelle de la faim*
5054. Dominique Mainard — *Pour Vous*
5055. Morten Ramsland — *Tête de chien*
5056. Jean Rouaud — *La femme promise*
5057. Philippe Le Guillou — *Stèles à de Gaulle* suivi de *Je regarde passer les chimères*
5058. Sempé-Goscinny — *Les bêtises du Petit Nicolas. Histoires inédites - 1*
5059. Érasme — *Éloge de la Folie*
5060. Anonyme — *L'œil du serpent. Contes folkloriques japonais*
5061. Federico García Lorca — *Romancero gitan*
5062. Ray Bradbury — *Le meilleur des mondes possibles* et autres nouvelles
5063. Honoré de Balzac — *La Fausse Maîtresse*
5064. Madame Roland — *Enfance*
5065. Jean-Jacques Rousseau — *« En méditant sur les dispositions de mon âme... »*
5066. Comtesse de Ségur — *Ourson*
5067. Marguerite de Valois — *Mémoires*
5068. Madame de Villeneuve — *La Belle et la Bête*
5069. Louise de Vilmorin — *Sainte-Unefois*
5070. Julian Barnes — *Rien à craindre*
5071. Rick Bass — *Winter*

5072. Alan Bennett	*La Reine des lectrices*
5073. Blaise Cendrars	*Le Brésil. Des hommes sont venus*
5074. Laurence Cossé	*Au Bon Roman*
5075. Philippe Djian	*Impardonnables*
5076. Tarquin Hall	*Salaam London*
5077. Katherine Mosby	*Sous le charme de Lillian Dawes*
5078. Arto Paasilinna	*Les dix femmes de l'industriel Rauno Rämekorpi*
5079. Charles Baudelaire	*Le Spleen de Paris*
5080. Jean Rolin	*Un chien mort après lui*
5081. Colin Thubron	*L'ombre de la route de la Soie*
5082. Stendhal	*Journal*
5083. Victor Hugo	*Les Contemplations*
5084. Paul Verlaine	*Poèmes saturniens*
5085. Pierre Assouline	*Les invités*
5086. Tahar Ben Jelloun	*Lettre à Delacroix*
5087. Olivier Bleys	*Le colonel désaccordé*
5088. John Cheever	*Le ver dans la pomme*
5089. Frédéric Ciriez	*Des néons sous la mer*
5090. Pietro Citati	*La mort du papillon. Zelda et Francis Scott Fitzgerald*
5091. Bob Dylan	*Chroniques*
5092. Philippe Labro	*Les gens*
5093. Chimamanda Ngozi Adichie	*L'autre moitié du soleil*
5094. Salman Rushdie	*Haroun et la mer des histoires*
5095. Julie Wolkenstein	*L'Excuse*
5096. Antonio Tabucchi	*Pereira prétend*
5097. Nadine Gordimer	*Beethoven avait un seizième de sang noir*
5098. Alfred Döblin	*Berlin Alexanderplatz*
5099. Jules Verne	*L'Île mystérieuse*
5100. Jean Daniel	*Les miens*
5101. Shakespeare	*Macbeth*
5102. Anne Bragance	*Passe un ange noir*
5103. Raphaël Confiant	*L'Allée des Soupirs*
5104. Abdellatif Laâbi	*Le fond de la jarre*
5105. Lucien Suel	*Mort d'un jardinier*
5106. Antoine Bello	*Les éclaireurs*
5107. Didier Daeninckx	*Histoire et faux-semblants*
5108. Marc Dugain	*En bas, les nuages*
5109. Tristan Egolf	*Kornwolf. Le Démon de Blue Ball*
5110. Mathias Énard	*Bréviaire des artificiers*